ハヤカワ文庫 SF
〈SF2422〉

宇宙英雄ローダン・シリーズ〈699〉

炎の嵐

ロベルト・フェルトホフ＆ペーター・グリーゼ
嶋田洋一訳

早川書房
8992

PERRY RHODAN
DER SÄNGER UND DIE MÖRDER
FEUERSTURM
by

Robert Feldhoff
Peter Griese

Translated by
Yooichi Shimada
First published 2023 in Japan by
HAYAKAWA PUBLISHING, INC.
This book is published in Japan by
arrangement with
PABEL-MOEWIG VERLAG KG
through JAPAN UNI AGENCY, INC., TOKYO.

目次

炎の嵐

歌手と殺し屋

ロベルト・フェルトホフ

登場人物

ペリー・ローダン…………………テラナー

アトラン……………………………アルコン人。タルカン遠征隊隊長

バス＝テトのイルナ………………アコン人。アトランのパートナー

レジナルド・ブル（ブリー）………《シマロン》最高指揮官

ラトバー・トスタン………………《ツナミ＝コルドバ》艦長

ベオドゥ……………………………アッタヴェンノク。夢想家

サラアム・シイン…………………オファラー。歌の師

ポステル・トル・ジアック………ハウリ人。イマーゴ暗殺部隊隊長

ベネカー・ヴリング………………超越知性体“それ”の具象

ヒルダル……………………………同エスタルトゥの具象

アフ＝メテム………………………炎の侯爵

1 刺《し》客《かく》

わたしはプレイヤーの使者だ。手先ではなく、比喩的な意味で、その腕の延長だ。タルカン宇宙にいた第一の同類はわたしではない……が、一年前に衛星イロンでかれを救った前任者と共通するところもある。われわれは出来ごとを背景から操作し、できるだけシュプールをのこさないよう努力している。

プレイヤーには強力な敵がいる。かれらはごくわずかな手がかりさえ利用する方法を知っているので、なんとかしてあざむかなくてはならない。わたしはプレイヤーの使者、腕の延長であって、なにかをつかむ手ではない。

そう、わたしがするのは指先でそっと触れることだけだ。跡がのこるほど強く触れたりはしないが、主人の利益に関わる多くのことに充分な影響をあたえている。命のにない手は死んではならない。そのためには、歌を学んでもいいとさえ思っている。

＊

搭載艇は荒涼とした惑星に向かって降下していたが、ポステル・トル・ジアックは気にもしなかった。かれの故郷世界であるタルウルも黄昏《たそがれ》の惑星、草木の生えない、人口密度の低い砂漠の世界だったから。どれほどの困難があろうとも、ポステルは任務を完遂するだろう……そのために最高の技術装置が自由に使えるようになっている。

　惑星の名前はコニグクという。ハウリ人が数千年にわたって秘匿《ひとく》してきた惑星だ。コニグクには半自動調査ドックがあり、ハウリ人の突撃コマンドは機会があるたびに、拿《だ》捕《ほ》したジュアタフ船をそこに持ちこんだ。もちろん、僚船とコンタクトできず、救難信号を発信できなくなった状態の船を……ハウリ人の調査プロジェクトは、マグフルウ・マグハア銀河のだれにも知られるわけにはいかなかったから。

　そのため、コニグクには分解されたジュアタフ船の残骸が三十隻分ほど保管されている。ロボットや船に関するあらたな知見がこのドックでほとんど得られていないことはポステルも承知していた。だが、いま、これまでの努力が間接的に花開く、またとない機会が訪れようとしていた。

「着陸許可を要請する」

地上管制がすぐさま搭載艇の操縦を遠隔で引き継いだ。ハウリ人はせまい操縦室を出て貨物室に向かい、そこで寝ていた助手たちを起こした。

「まもなくコニグクに着陸する。下船の用意をしておけ」

数秒前まで深い眠りに就いていた数百名が身動きをはじめる。ポステルは必要なものをすべて各グループのリーダーに引きわたし、操縦室にもどった。そこでのみ、ほんの数秒間だが、平安を感じることができる。すぐにくぐもった、だが絶えることのない、ひび割れるようなジアック山の音が聞こえてきた。鼻には想像上の新鮮なウルヒイトゥとポナアの香りを感じる。

かれにのこされているのは数日だけだった。

〝二十の地とそれ以外の地の諸種族は、宇宙が果てるまで苦しみに支配されるだろう。だが、苦しみは完成の先触れであり、信心者は新生の訪れを知りつつ、じっと耐え忍ぶだろう〟

ヘクサメロンの書の〝六の日の歌〟にある支配者ヘプタメルの言葉はいまもかれの耳にのこっていた。かれは死ぬ。当然だ。だが、かれと助手たちは確実にシャムウの地に受け入れられるはず。ポステルはそのことに一抹の疑いも持っていなかった。

信号灯がしめす位置に着陸。外気はやや薄いものの呼吸可能だった。ハウリ人は手首のひと振りでハッチをスライドさせた。まだなかばうとうとしていた者も、流れこんできた冷たい空気に驚いて完全に目をさます。

ポステル自身は操縦室の人員用ハッチを使った。床の端に立ち、三メートル半下の地面に飛び降りる。惑星の重力は快適で、まったく苦にならず、これから二日間の困難を乗りきるのにも役だってくれるだろう。きびしい訓練を受けることになるのだ。もちろんかれは〝炎の鏡〟によって決死隊の隊長に指名されたわけだが、考え抜かれた戦略がなければ目的の達成に近づくことなどできない。

調査ドックの技師たちはすでに三隻のジュアタフ船の外殻を縦に切り裂き、内部をほぼからっぽにした状態でオープン・ドック内に用意していた。軌道上では三隻の小型ハウリ船を改造中だ。積載能力はシントロニクスと各種のエネルギー供給装置で占められ、少数の専門家が新旧の構造を微調整して摺り合わせている。

「ポステル・トル・ジアック！」

遠くからか細い声が聞こえ、振り向くとドックのはずれにいる、カーキ・ベージュ色のコンビネーションを着用したハウリ人の姿があった。コニグクの責任者にちがいない。しかもかれは銀色に輝く記章をつけていて、高い地位にあることをうかがわせた。

ポステルは責任者に近づいた。

「なんなりとご命令を」

「もちろんだ」相手はしばらくかれを疑わしげに見つめ、こういった。「わたしはケル

・ヴォク・ゼンガという。きみと部下全員はコニグクにいるあいだ、わたしの指揮下に入る。〝炎の鏡〟から直接指示があった。部下にはすでに宿舎を割り当てた。ついてきてもらいたい」

ゼンガは背《そびら》を返して歩きだし、敷地を横切って、着陸場のはずれにあるちいさな建物に向かった。ポステルもおとなしくそのあとにしたがう。

ゼンガがその建物にひとつしかないドアを押し開け、なかを指さした。

「端末にはイマーゴ捜索者と異人の船団について集めたすべてのデータが入っている。一日やるから、ぜんぶに目を通しておけ。そのあとは学習プログラミングに参加してもらう。ウルヒイトゥとポナアは自由にやっていい」

それだけいうと、ゼンガはかれをひとりのこして立ち去った。

ポステルがなかに入ってドアを閉めると、自動コンタクトで人工照明が点灯した。コニグクの設備は古くさい印象のものが多いが、重要な装置類はすべて最新型だった。片手を振って準備ができたことを端末に伝えるとシートにすわり、だれかが横のデスクの上に置いた文書にざっと目を通した。そこには〝鏡〟が標的として名指しした船団の部隊構成データもふくまれている。ポステルは即断してターミナルのスイッチを切り、デスクの前で作業を開始した。

現在、船団はナコード・アズ・クールからハンガイ銀河ののこり、第四クオーターに向かっていた。ポステルはナコード・アズ・クールがなんなのか知らない……〝炎の鏡〟が情報をあたえてくれなかったから。つまりその知識は任務の達成に必要ないということ。一方、カンサハリヤの計画のほうはくわしくわかっていた。憎いカルタン人とその補助種族による、非難すべき計画だ。しかも一部はすでに実行にうつされている。かれは心のなかでそうつけくわえた。いまや問題の銀河は四分の一しかのこっていない。あとの四分の三はカンサハリヤが抵抗をものともせず、メエコラーと呼ばれる、隣接する宇宙に転移させてしまった。

　第四クオーターの転移も間近に迫っているようだ。ポステルにも確実なことはわからないが、それはまちがいないはず。だからこそ、時間がないのだ。かれらが第四クオーターに到達する前に任務を完遂し、死体を確認しなくてはならない。

　船団を構成する最大勢力はベングエルだった。異種族がハンガイと呼ぶ、マグフルウ・マグハア銀河の最下層種族だ。かれらは直径が五十メートルから二百メートル程度の小型宇宙船五万隻と、三十隻の大型船に分乗している。〝大型船〟のなかでも最小のものは一万隻の小型船が融合しており、《ジュナガシュ》という最大の宇宙船はその十倍の規模だった。ベングエル全体では十億名が参加していることになる……なんのために？　だが、ポステルはその疑問をわきに押しやった。任務には直接関係ないから。

　そのほかにジュアタフ・ロボットの有翼船十万隻が船団にくわわっている。そのすべてが、拿捕してコニグクに運びこんだ三十隻と同型の小型船だ。〝鏡〟の計画はこの前提にもとづいている。

ハウリ人にとってもっとも興味深い細部がここからだった。二名の異人の存在だ。暗殺の標的である二名のヒューマノイドはジュアタフとベングエルから〝イマーゴ〟と呼ばれている。ポステルはその言葉を聞いてもなにも思い浮かばない。本名はアトランとペリー・ローダンという。デスクの上の一フォリオに粗雑な絵が描かれていた。ハウリ人に似ていなくもないが、そのことがポステルに同情心を起こさせることはなかった。支配者ヘプタメルの部隊の進路に立ちはだかる者に同情の余地はない。〝最後の六日間〟を加速させることがすべてに優先する。

この大目的の前に、異人ふたりの死など数ある段階のひとつにすぎなかった。ただ、その段階はかれ、ポステル・トル・ジアックが進めなくてはならない。見返りはシャムウの地に受け入れられることだ。

*

データ端末でベングエルとジュアタフの船団を調べていたポステルは、十四隻から成る別働隊に目を向けた。主力は直径二百メートルの球型艦十隻で、武装は不明。十一隻めは同型の大型艦で、直径が五百メートルあり、艦隊内部の通信では《ツナミ＝コルドバ》と呼ばれていた。十二隻めは《シマロン》という先細りの形状の船で、全長二百メートル、底面は百二十メートルかける八十メートルの四角形だ。この船はあとから船団に合流した。

のこる二隻は《カルミナ》と呼ばれる不規則な形状の船と、《ハーモニー》という円盤船だった。どちらもごく小型で、無視しても問題なさそうだ。

夕刻になり、ケル・ヴォク・ゼンガが迎えにきて、ポステルは自分がどれだけ集中していたかに気づいた。施設の責任者が用意してくれたウルヒイトゥとポナアに手もつけていない。かれは水差しとボウルに申しわけなさそうな視線を向け、立ちあがった。中断すると作業に影響が出そうだ。

「ついてこい、ポステル・トル・ジアック！　食事は全員が同席する」

ケルはまたしても徒歩で、近くの細長い、低層の複合施設に向かった。あまりテクノロジー化されていない内部から見て、居室と備品庫が入っているようだ。やがてプラスティック製のベンチと長いテーブルがならんだひろい部屋に出た。百名ほどのハウリ人が席に着き、食事がはじまるのを待っている。

ケルとポステルは最後にのこった席にならんで腰をおろした。カップに満たされたポナアは合成品で、それぞれの席の前に置かれたボウルにはたっぷりとウルヒイトゥが盛られている。横には二叉のフォークが添えられていた。

「ヴァヌ・アッラム。はじめよう」ケルがいった。

ポステルはできるだけ多くの食糧を、できるだけ短い時間でのみこんだ。からだに力が蓄えられるのを感じる。かれにつづいて食事を終えたケルがフォークをテーブルの上に投げ、ほかの者に合図する。全員が、まだ食べ終えていなくても、そこで食事を終えた。

「いくつか話がある」しずかななかにケルの声が響いた。「現在、われわれは重要な任務に当たっており、最短の時間で完璧な結果を出さなくてはならない。ただ、支配者へプタメルの監督の下で作業をしているから、成功は約束されている。そのことを忘れるな。七の日の支配者、神々の息子にして二十の地を統《す》べる者に祝福あれ。かれはなお、われわれを完成の成就のために働かせてくれている。その言葉に忠実に作業にあたろう。不信心者を排し、一分をつくして、六の日の最後を迎えるのだ。では、作業にもどれ」

ひろい部屋はたちまちからっぽになった。

「ポステル・トル・ジアック、きみにも任務がある。部下の面倒を見ておけ」

かれはつづく二日間、集中的なヒュプノ学習を受けた。空き時間にはあらたに得た知識を使うためのシミュレーション訓練が実施された。それがないと、理論と実践のちがいが大きなリスク要因になってしまう。

三日めにはすべての準備がととのった。かれはケルとともに実際のドック区画を訪れた。切り開かれた三隻のジュアタフ船が、エネルギー足場に支えられてかれらを待っていた。マグフルウ・マグハア銀河でも群を抜いて奇矯《ききょう》な構造の宇宙船だ。基本的にふたつの直方体で構成され、翼のような構造物が二枚、胴体の上に付属している。翼までの高さはそれぞれ七十メートルほどだ。それに対して胴体のほうは、直方体のひとつが二十メートルかける五十メートル、もうひとつが二十メートルかける六十メートル程度だった。

　ジュアタフ船にはまだいくつか、未解明の技術的な謎があった。突撃コマンドの突入前に、ロボットが多くの装置やプログラミングを破壊したせいだ。だが、その程度はたいした障害にならない。任務達成に必要なものは最高の状態で手に入った。それ以外はかれら自身のシステムで対応できる。

「準備は完了したか？」ケルが通りかかったカーキ・ベージュのコンビネーション姿の一技師にたずねた。

「もうすこしです。屋根を開くところです」技師が答える。

　その言葉を裏づけるように、奇妙な音が頭上から聞こえてきた。石板同士がこすれ合うような音だ。ポステルが思わず上に目を向けると、ドックの中央ホールの屋根全体がスライドして開きはじめていた。その向こうに見える空はグレイだ。ただ、はるか上空に三つのちいさな光点が見えた。それが徐々に大きくなり、細長い非対称形になる。まちがいない。用意されていた宇宙船が時間どおりにあらわれ、軌道から降下してきている。

一上級技師が信号システムを作動させた。甲高《かんだか》い警笛音とともに、ドック内の動きがさらに慌ただしくなった。ポステルは呪縛されたかのように、十数個の反重力ブロックが浮きあがり、三隻のジュアタフ船の所定の位置にとりつくのを見つめた。有翼船の各部分が分離し、予定ポジションまではなれていく。

次の段階では不要な装置や扉がとりのぞかれた。これで三隻の外殻内に、正確に計測された空洞ができる。これまでの熱心な作業の、唯一目に見える成果だ。

「よく見ておけ、ポステル・トル・ジアック。きみはあのかくれ場のなかで死ぬのだ」

ポステルはひそかに横目でケルを見た。その言葉の裏にあるのは底意地の悪さか、それとも羨望だろうか？　かれにはわからなかった。

三隻の宇宙船がドックの開いた屋根を通ってゆっくりと降下してきた。全長十五メートルたらず、幅はその半分ほどしかない。外殻は各種装置にびっしりとおおわれて、まるで無数のひびが走っているように見えた。十二個の反重力ブロックが三隻を受けとめ、ジュアタフ船の空洞のなかに正確に誘導していく。

「時間だ」ケルが明らかにほっとしたようすでいった。「きみの部下は集めてある。乗船したら、あとはきみしだいだ、ポステル・トル・ジアック。忘れるな、苦しみは完成の先触れであり、信心者は新生の訪れを知りつつ、じっと耐え忍ぶ。これが支配者ヘプタメルの言葉だ。〝六の日の歌〟をうたいながら行くがいい」

　三隻それぞれに七十八名のハウリ人が、切り開かれたままの船体のなかで配置についた。七十名は各種装置の操作担当、八名は司令室の操縦要員だ。ジュアタフ独自の装置を適切に操作できる者はひとりもいない。

　数分後、ポステルは司令室の中央に立っていた。操縦士三名と技師四名がいっしょだ。外から音が聞こえた。ケルが入口を封鎖した音で、もう出口は存在しない。船内はすみずみまで利用しつくされていた。入口だった部分は制御装置の一部になっている。

「この船をつつみこむジュアタフ船の艤装《ぎそう》には九時間かかる」ポステルがいった。「いまのうちに休息しておこう。この先、時間があるかどうかわからないから」

　七名の部下はずっと感じていたらしい緊張を解いたが、それもまた予定どおりだった。ポステル自身もここで休息することにして、備品のなかからポナアの容器をとり出した。そのにごったグリーンの液体の表面を見つめ、驚きに目をみはる。ケルが用意したポナアは合成品ではなく、惑星タルウル産のほんものだった。

2　悟り

出入りのはげしい場所もあるものだ、とアルコン人は思った。NGZ四四八年現在の最近のハンガイ銀河はそうなっている。二、三カ月前だったら、とても信じられなかったろう。

〈学び終えるということがないようだな。二千年たってもまだ、予期しないことを予期する知恵が身についていないとは〉

付帯脳がいつもの皮肉な調子でコメントする。それはときにアトランをなかば狂乱させた。ただ、賢明すぎるということはなく、それなりではある。厳格で経験豊富であってなお、アトランはこの千年以上、神経を研《と》ぎ澄ますことを心がけてきた。研ぎ澄まされた神経、生きる意欲、自発性……そうした資質がなければ、かれはとっくに死んでいただろう。

ほんのすこし前まで、異宇宙に旅するなど考えたことさえなかった。もちろん、これがはじめてというわけではない。ドルーフ宇宙での経験はあったし、〝それ〟と〝反それ〟の手駒同士が戦った宇宙にも行っている。

ただ、今回は事情がまったく異なっていた。完全に自力での旅なのだ。いや、とアルコン人は考えなおした。自力での旅ではなく、みずからの意志での旅だ。ジェフリー・アベル・ワリンジャーは宇宙間の旅のためにベクトリング可能グリゴロフを開発したが、それがうまく作動するという保証はない。すくなくともいまのところ、実際に使用した者はひとりもいないのだから。

使ってみようという者もいないだろう。宇宙間の転移には弊害がともなう。いわゆる〝ストレンジネス・ショック〟だ。宇宙同士を隔てているストレンジネスのちがいで生じる苦痛はどうにもできない。かれらがこれまでに三度、ストレンジネス・ショックを克服できたのは、運がよかったせいだった。今後はそうはいかないはず。

最初にペリー・ローダンがタルカン宇宙に転移したときは、ハウリ人のおかげで数カ月の意識不明状態におちいらずにすんだ。ヘクサメロンの信者を名乗るあの骸骨じみた種族が助けてくれることは二度とないだろう。

次いでアトランがタルカン遠征隊とともにタルカン宇宙に転移した。そのさいはヴィールス・インペリウムのこりをすべて集め、その消滅と引き換えにストレンジネス・ショックを吸収した。いずれにせよ、こうしてかれらの小船団はここに、かれのいるべき場所にいる。ハンガイ銀河領域に。使える宇宙船は十三隻。直径わずか二百メートルの小型船十隻と大型の《ツナミ＝コルドバ》、それに元ネットウォーカー船の《カルミナ》と《ハーモニー》だ。

最後に合流したのはレジナルド・ブルの《シマロン》だった。アトランはその状況にいささか謎めいたものを感じた。どうやらエイレーネの先導で、いわゆる〝熱力学第二法則の守護者〟スィ・キトゥが介入し、《シマロン》はストレンジネス・ショックを受けることなくタルカン宇宙に転移できたという。だがなぜベクトリング可能グリゴロフを使わなかったのか？　ブルと同行者たちは自力でジャンプできなかったということだろうか？　ベクトリング可能グリゴロフにはまだ克服できていない欠陥があるのでは？

〈憶測だ、アルコン人。もっと身近なことに注意を向けるべきだろう〉

そのとおりだ、とアトランは思った。四四八年二月九日のきょう、かれらはベングエルとジュアタフの大船団とともに、ハンガイ銀河の最後にのこった第四クオーターに向かっている。このクオーターもまもなく通常宇宙に転移するはず……その場に居合わせるのが帰還の唯一のチャンスだ。

かれとペリー・ローダンをはじめとする者たちは、これまでの経験を話し合い、共有する機会を設けていた。そのためアルコン人は、ベングエルとジュアタフが一時期、かれの友ローダンをイマーゴとして崇拝していたことを知っている。それがいささか不安なかたちの献身だということ以外はなにもわからないが……

〈その献身はいま、きみにも向かっていて、かれらはきみのことも同じように追いかけまわしている。不安になるだろう？　できるだけ早くその理由を解明したほうがいい〉

「ああ、そのつもりだ」そう声に出して付帯脳に答える。

アトランは意を決してせまい寝台から起きあがった。まだ惑星サバルにいたときにつくらせて、いまは《カルミナ》の自分のキャビンに置いているものだ。コンビネーションを脱ぎ、衛生セルに入って、熱いシャワーを浴びながら考える。付帯脳からそれ以上の助言はなかった。

付帯脳も《カルミナ》の人工知性もだめなら、どうすればいい？　すぐに心を決め、裸のままキャビンを出て司令室に向かう。バス＝テトのイルナとイルミナ・コチストワはいま、この船には乗っていない。

「質問がある、《カルミナ》。われわれの十四隻の艦隊にはコンピュータやバイオトロニクスやシントロニクスなどが存在するが、どの宇宙船のものがもっとも強力だ？」

「わたしでは力不足ということですか？」《カルミナ》の合成音声が不満げに問いかえす。

「心配するな。今回にかぎって、われわれどちらも結果を出せなかった。なぜわたしとペリー・ローダンがイマーゴと認識されたのかを知りたいのだが」

「つまり、必要なのは最大の記憶容量ではなく、最高のコンビナトリクスということですか？」

「そういうことだ」

「じつのところ、たいしたちがいはありません」またしても、声がやや不満げな調子を帯びた。「ですが、最高のコンビナトリクスなら《シマロン》のものでしょう。バイオトロニクス・コンポーネントが付属したシントロニクス八基がありますから、あなたの目的に充分対応できるはずです」

「たしかにそのとおりだ。《シマロン》に向かおう。きみがいまさら拒否しないといいが！」

「どうしてそんなことを？　結局、チーフはあなたですから……」

アトランは探知スクリーンに目を向け、《シマロン》に接近していることをたしかめた。突然、腐った卵のようなにおいが鼻を衝く。かれは鼻梁《びりょう》にしわをよせ、船にはいろいろなことができるものだと考えた。

とりわけ、復讐心とユーモアのセンスをあわせ持つ船には……かれは《シマロン》に乗りこむ準備をはじめた。

＊

「においますぜ」レジナルド・ブルが新造船の司令室でいった。疑わしげにアトランのコンビネーションのにおいを嗅《か》ぎ、眉をひそめる。「まちがいなく……ですが、ま、いいでしょう。この船になんの用です？」

「ひとつ調べたいことがある」

「なるほど」ブルがうながすように相づちを打つ。「トイレの視察か、それとも保守用シャフトにもぐりこみたいんですかい？　もちろん、汚いやつに」

アトランは笑い声をあげた。当然、《シマロン》のような最新の宇宙船に、汚い保守用シャフトなどあるわけがない。

「そんなものしかないなら、視察はとりやめだ。かわりにしずかなキャビンでシントロニクス結合体に接続させてもらいたい」

ブルは考えこみながら周囲を見まわした。

「この司令室ではまずそうですな。いずれにせよ、あなたがもとめている場所ではないでしょう。シントロニクスには船内のほとんどどこからでも接続できますが、会議室が最善だと思います。あそこなら居心地がいいはず」

「感謝する、ブリー！」

小太りで赤毛の男は無言で先に立ち、いくつか通廊を通って、〝会議室〟と書かれたハッチの前に立った。

「必要なものはぜんぶそろってます。なにをするのかたずねてもかまいませんか？」

「イマーゴ中毒の原因をはっきりさせたい。この船のシントロニクスがそのために最適だということ」

「ま、幸運を、アトラン！　ただ、その原因はまだだれも突きとめられていません」

「たぶん質問のしかたが悪かったのだろう」

ブルは疑わしげだ。

「ポジトロニクスがたんなるすぐれた計算機だった時代と、現代では事情がちがいます。とはいえ、ま、やってみることです」

「そのつもりだ」

アトランは向きを変え、ブルは司令室にもどっていった。ハッチが開く。比較的ちいさなキャビンで、趣味のいい合成木材のパネルが貼られ、中央に丸テーブルがあった。そのまわりには十二脚の成型シートがならんでいる。各シートに小型端末が付属していて、会議の参加者はほかの参加者のじゃまをせずに、いつでもデータを取得して保存できるようになっていた。

「シントロニクス、聞こえるか？」

「もちろんです」

「わたしがなにをたずねたいか、すでに立ち聞きしていたか？」

「残念ながら、聞いていません。たしかにわたしは《シマロン》船内の会話をすべて聞くことができますが、記録するのは直接の保安領域に関係するものだけです。それ以外は知ったことではありません」

アトランもそんなことだろうと思っていた。超光速宇宙船内で個人の権利が厳格に保護されることはかれも承知している。

数世紀を要したとはいえ、テラナーも歴史に学んだということ。

〈いまはそんなことを考えている場合ではない、アルコン人〉

そう、付帯脳のいうとおりだ。アトランは一成型シートに腰をおろし、ゆったりと背もたれに背中を預けて話しはじめた。まず、イマーゴ問題に関するあらゆる現象や出来ごとを総ざらえする。最初はペリー・ローダンだった……ベングエルとジュアタフの船団がいきなりチャリフ星系にあらわれ、ローダンのもとに押しよせてこようとした。猿に似た種族とロボットは、十二光月もの距離を隔ててイマーゴの存在を感じとったらしい。

そしていまは、かれ、アトランもイマーゴだとされている。

「イマーゴはひとつです。肉体をふたつ持っているだけです」と、ベングエルは主張した。このあらたな展開は謎めいていると同時に、きわめて興味深い。ただ、残念ながら、状況を明確にする出発点にはなりえなかった。

〈ほんとうに？　それがあったから、ここにいるのだろう！〉

〈では、やってみよう〉アトランが付帯脳に思考で返事をする。〈まずはブレインストーミングだ。シントロニクスからあらたな陳述が得られるかもしれない〉

三時間のあいだ、かれは成型シートのなかで身動きひとつせず、口だけを動かしつづけた。なんの成果も得られなかったものの、かれとペリー・ローダンの比較には意味がありそうだった。ふたりはあまりによく似ている。あまりにも多くの共通点があった。

〈だが、重要なのは一点だけだ〉

アトランはその内なる声に衝撃を受けた。付帯脳ではない。なぜかそのことははっきりとわかった。だが、ほかにだれがいる？ すぐにも話を打ち切って立ちあがり、このやり方ではだめだというレジナルド・ブルの意見を受け入れたくなる。いま、かれは遠くにありながら自身の内部に存在する力が増大するのを感じていた。

もうシントロニクスに助力をもとめる時間はない。事態はかれの人類としての感覚が追いつけないほどすばやく進展している……アトランは気づいていないが、同じことだった。抵抗する間もなく、かれは夢遊状態へとおちいっていった。

「時間はほとんどない」か細い声が聞こえたような気がしたが、アトランは断言することができなかった。わかるのはその情報が流れこんできたことだけだ。「きみはエスタルトゥの接吻のシュプールをたどろうとしている。これにはふたつのことが関係している。迷子の子供たちの帰郷願望と、エスタルトゥの弟がきみとペリー・ローダンにあたえた生命付与装置だ。そのふたつが特別なものだということはおぼえているはず……ふたつの細胞活性装置には特別な印があり……きみと、きみの友のペリー・ローダンしか持つことができない。

　きみたちふたりは〝二重融合〟を経験している。きみはアラパで、ペリー・ローダンは惑星トゥヨンで。迷子の子供たちは二重融合と生命付与装置の相互作用でつくり出されるプシオン性の印に、遠くはなれていても気づくことができる。エスタルトゥの接吻がきみたちをイマーゴにしたのだ」

　声はまだなにかいいたそうだったが、その力は急速に衰えていた。夢遊状態が遠のき、明瞭な意識がもどってくる。解決策は見つかった。どこからもたらされたのかはわからないが。

〈なにがあった、アルコン人？　短時間だが、接触がとぎれた〉

　付帯脳の声で、重要な質問を思い出した。

「シントロニクス、まだ聞いているか？」

「もちろんです」

　アトランはほっとして息を吐き出した。

「いまの質問とその前の会話のあいだに、どれだけの時間があった？」

「約十秒半です。もっと正確な数字が必要ですか？」

「いや、充分だ」

夢遊状態は実質的に六、七秒しかなかったことになる。

「ペリー・ローダンはいまどこにいる？」

「現在、船内にはいません。アッタヴェンノクのベオドゥとともに、ベングエル船《ジュナガシュ》を訪問したとの情報があります。そこであらたな手がかりを探すつもりです」

アトランはすこし考えてから、友にはまっ先にいまの奇妙な体験のことを伝えるべきだと結論した。

「ハイパーカムでかれと連絡をとりたい。ここから可能か？」

「問題ありません」

かれの成型シートの前にある端末の上の空中に、一画面のプロジェクションがあらわれた。ローダンはまるで待っていたかのように、すぐに応答した。

「啓示があって、イマーゴ・カルトがなんなのかわかった」アトランは聞こえてきた声と夢遊状態で聞いた話の内容を詳細に語った。話しながら、ローダンが驚いていないことに気づく。「もう知っていたなどというなよ！　どうしてそんなことがありえる？」

「心配は無用です、老人。知っていたわけではありません。それがいつ起きたのか、教えてくれませんか？」

アトランはあらためてシントロニクスに時刻をたずね、その結果を伝えた。

「ぴったりです」ローダンは一瞬、心ここにあらずという表情を見せた。「つまり、わたしも同じ啓示を受けたんです」

3　《ジュナガシュ》にて

　ペリー・ローダンとベオドゥはようやく帰途についた。船団を動かすのにこれほど苦労するとは思わなかった。なにしろただの船団ではなく、ベングエルとジュアタフと、銀河系船団の合同なのだ。その一方、今後はかれひとりですべての面倒を見る必要がなくなった。旧友たちが故郷宇宙から到着したから。組織に関する作業はアトランとレジナルド・ブルにまかせられる。どちらも経験は充分だ。

「接舷するぞ、ワキアン」

　ローダンは顔をあげ、横にいるちびのアッタヴェンノクに目を向けた。古い衣装のかわりに、《シマロン》では新色のべつの衣服を着用している。これが自分の種族の理想的なイメージなのだとベオドゥは主張していた。

「では、仕事にかかろう」と、ローダン。

《レダ》の主スクリーンにはトンネルがうつっている。かれらはいま、その入口に到着したばかりだ。周囲ではベングエル船が融合して《ジュナガシュ》という巨大宇宙船を構築していた。ローダンはそこではじめてアフ＝メテムに出会い、炎の侯爵に対して部分的な勝利をおさめた。それによりようやく、ハンガイ銀河の最後にのこった第四クォーターへの道が開かれたのだ。

「そのまま乗りうつれます、ペリー」《レダ》がいつものおだやかな声でいった。「反撥フィールド・チューブを空気で満たして、いちばん近いハッチに接続しました。ヘルメットを閉じる必要はありません」

「感謝する！」ベオドゥとともにエアロックを通過し、チューブ内に足を踏み入れる。《ジュナガシュ》のいちばん近くのハッチにはすでに数名のベングエルが待ち受けていて、かれを見るなりいっせいにしゃべりだした。言語は早口のカルタン語で、人間に出せる声よりもわずかに甲高い。かれらのほとんどは身長が百二十センチメートルくらいだった。

　ローダンの背後でエアロックのハッチが閉じる。

「ちょっとしずかにしてくれ！」かれが叫ぶと、ベングエルはしぶしぶといった感じで口を閉じた。たとえイマーゴの前でも、《ジュナガシュ》の乗員が完全にわれを忘れることはない。「探しているものがある。きみたちが見せようとしなかったものだ。そういうものがあるな？」

　当てずっぽうははずれたようだ。すくなくとも、ベングエルは混乱するばかりで、質問の意味もよくわからないらしい。正直、かれらをとまどわせるつもりはなかった。ベングエルの調査自体、明確な目的があるというより、退屈しのぎにすぎなかったから。

「ついてきてください！」仲間に押しのけられてばかりいる、とりわけ小柄な一ベングエルがいった。「知っていることがあります」

「星間会議を開くべきです！」べつのベングエルが叫んだ。「答えは星々のあいだにあるはず。あらゆる知識と未来がそこにあるのですから！」

かれらはすでに指示を忘れて勝手にしゃべりだしていて、ローダンは計画を断念しようかと考えはじめた。この者たちから役にたつ情報は得られそうにない。

「ついてきてください、知っていることがあります」小柄なベングエルがまたそういった。苦労して最前列まで出てきて、大きな目でローダンを見つめている。

かれははじめてそのベングエルをじっくりと眺めた。

「きみの名前は？」

「〝道しるべ〟です」誇らしげな口調だ。「まだこう名乗るようになったばかりです、イマーゴ」

「なにを知っているんだ？」ローダンはいくつもの声が交錯するなかで相手の言葉がよく聞こえるよう、身をかがめてたずねた。ほかの者は嫉妬からさらに大声をあげはじめ、もはやだれも自分の言葉を聞いてもらおうとしていない。ローダンは静粛をもとめてもむだだと判断し、〝道しるべ〟の腰をつかんでかかえあげた。そのときようやく、隣接するべつの通廊にもベングエルがあふれていることに気づく。かれの到着の噂がひろまっているのだ。

　こうなってはしかたがない……かれはネット・コンビネーションのピコンピュータに指示し、反重力装置を作動させた。〝道しるべ〟をかかえたまま浮きあがり、ベングエルの頭上二メートルほどのところに浮遊する。小柄な〝道しるべ〟は身動きもせず、口も開かなかった。

「ベオドゥ！」

　アッタヴェンノクもすぐに気づき、数秒後にはローダンとならんで、比較的ましな通廊に飛翔していた。そこにもベングエルはいたが、数は明らかにすくない。数分もすると群衆は完全に見えなくなり、かれらは着地した。

「知っていることを教えてくれるか、〝道しるべ〟？」

「できません、イマーゴ」小柄なベングエルがうやうやしく答える。「わたしは道を知っているだけで、できるのは案内だけです」

「どこに向かうんだ？」

〝道しるべ〟は苦しそうに一方向を指さし、歩きだした。

「いえないのか？」

〝道しるべ〟はもう答えない。

「きっと危険はない」ベオドゥがさえずるような声でいった。左の頭翼の目でローダンを、右の目で〝道しるべ〟を見つめている。「アフ＝メテムを当面退けたことで、《ジュナガシュ》は安全になったはず」

「危険はなくても困難はあるかもしれないが……ま、いい、〝道しるべ〟。ついていこう」

半時間ほどの行程だった。船内のいささか複雑な構造を見て、ローダンはまたしても、この船はベングエルが建造したものではないだろうと考えた。だれから提供されたのか？　これもまた、ハンガイ銀河で数千年にわたって宙ぶらりんになっている、解明できそうにない謎のひとつだった。だれも興味をしめさないのだ。だが、ほんとうにそうなのか？　じつはとっくに解明されていて、なんらかの理由から、だれも口にしないだけではないのか？

「もうすぐです」〝道しるべ〟がいった。

いくつかの区画を通り過ぎて、二、三キロメートルは歩いたろう。突然、目の前にちいさなホールがあらわれた。ベングエルとジュアタフが百名ほど集まっている。横目で〝道しるべ〟を見たローダンは、小柄なベングエルがこの集まりのことを知らなかったようだと思った。かれやベオドゥと同じくらい驚いている。集まった者たちがローダンに気づいた……かれはイマーゴだから。

だが、騒ぎにはならない。ベングエルとロボットは床にすわりこみ、合図を待っているかのように……

「わたしが道をつくる、ワキアン」ベオドゥが意を決したようにいい、近くのベングエルを押しのけて細い通路をつくろうとしたが、うまくいかなかった。その姿がたちまち群衆のなかに見えなくなる。

「ベオドゥ？」

「だいじょうぶだ、ワキアン！　ついてきてくれ」

ローダンは〝道しるべ〟を小わきにかかえ、ふたたび上昇した。すぐにアッタヴェンノクを発見。どこうとしないベングエルの群れにとりかこまれている。奇妙な状況に思えた。どうしてベオドゥも反重力装置を使わないんだ？

その答えがまだわからないうちに、一瞬の閃光が走った。

*

ローダンは〝道しるべ〟のからだが手から滑り落ちるのを感じ、小柄なベングエルが落下するのを目のすみにとらえた。

〈どうしたんだ、ペリー？〉ローダンは考えた。〈声、それとも思念？　ピコンピュ

ータか。ピココンピュータがこの瞬間、自動的にネット・コンビネーションの制御を奪ったのだろう〉

目はまだ見えているが、刺激が意識的な思考にまでとどいてこない。ローダンは夢のような状態におちいった。イメージがかたちをとろうとし、かれの内面の目の前でぼやけ、蒸発する。まるで未知の送信機が送信をあきらめたかのように。

送信機？　では、送信者はだれだ？

「数秒しかない」か細い声が聞こえた。「知りたいことがあるはず……」

「何者だ？」

「エスタルトゥの声、とでもいったところだ。わたしは情報を内包している。ベングエルとジュアタフの死といえるものからわたしが生じたと思うなら、その考えは正しい……が、迷子の子供たちの本性に反することはなにも起きていない。それどころか、二重融合はたんにかれらを本来の原始状態にもどしているだけだ。もともとベングエルは半知性体であり、ロボットはマシンにすぎない」

夢の声はすこしのあいだ黙りこんだ。力が衰えているようだ。

「それだけか？」ローダンが急いでたずねる。「もっと情報が必要だ！」

「機は熟しかけている。わたしのような声はたくさんある」

やがて言葉はささやきになり、もっと話を聞きたいというローダンの思いをよそに、完全に沈黙した。肉体の制御がもどってくる。視覚も復旧し、まるで長く不健康な睡眠から目ざめた気分だ……悪夢は終わった。

二メートルほど下では、集まったベングエルが死んだように床に倒れている。ジュアタフもやはり動いていなかった。どちらもしばらくすれば動きだすのはわかっていた。だが、以前と同じではない。いわくいいがたい〝火花〟が失われているのだ。いまのところ、二重融合はベングエルを動物に近い半知性体に、ジュアタフをたんなるマシンにしてしまうのがわかっている。

ローダンはようやく自分をとりもどし、あらためて下に目を向けた。

「ベオドゥ！」と、急に不安になって呼びかける。ちびのアッタヴェンノクの姿はどこにも見当たらなかった。「ベオドゥ！　下にいるのか？」

ネット・コンビネーションのピココンピュータに捜索を指示しようとしたとき、アッタヴェンノクから返事があった。

「ここだ、ワキアン」か細いさえずり声だ。ベオドゥはもつれ合って倒れたベングエルの下から這い出し、反重力装置で上昇してきた。

「まただ……いささか責任を感じる。何度も見た夢のとおりだ。ベングエルとジュアタフの数は異なるが。それぞれ一名だったのが、今回はぜんぶで百名くらいいそうだ」

「心苦しいのか」

「当然だ！」ベオドゥは憤然となった。「死を振りまきながら歩きまわりたいと思うか？」

「きみが下にいたあいだに、わたしも夢を見た。啓示的な夢だ。声が語りかけてきた。そうではないかと疑っていたとおり、ベングエルとジュアタフには、実質的になにも起きていない。本来の状態にもどっただけだ」

《シマロン》からの呼び出し信号で話が中断した。

呼びかけてきたのはアトランで、ローダンはアルコン人の話したいことがなんとなくわかるような気がした。こういう場合、かれの直感はほとんどはずれたことがない。五分後、かれらが同時に〝啓示〟を受けたことがはっきりした……ジュアタフとベングエルが二重融合を遂げた、まさにその瞬間に。

「わたしはベオドゥとここにのこります」ローダンはそういって別れを告げた。

「われわれ、なにかのシュプールに出くわしたようだ。また連絡する」アトランがいった。

ローダンは身動きしないベングエルのなかから〝道しるべ〟を探し出そうとした。とはいえ、あの小柄な個体だけが影響を受けないと考える理由はない。あきらめかけたときその姿を見つけ、慎重に降下する。〝道しるべ〟は床に激突するのをまぬがれていた。仲間が二名、三メートルほどの高さから落下したかれを、四肢を使って受けとめたようだ。樹上生活者だったベングエルだからこそで、人類だったらそうはいかなかったろう。
　ローダンは〝道しるべ〟のからだをざっと点検した。

「かれらはすぐに意識をとりもどすはず。われわれがここにいる必要はない。仲間が面倒を見るだろうから」

「では、前進するのか、ワキアン？」

「ああ。行けるところまで、〝道しるべ〟がしめした方角に進んでみよう」

　次のハッチを開くと、その先は隣りのベングエル船につづく長い通廊だった。被毛のあるちいさな生物がいて、かれらの到着を待っていたようだ。

「イマーゴ！　やっときてくれた。見せたいものが……」

「われわれがくるとわかっていたのか？」ローダンがぶしつけに言葉をさえぎる。

「はい」

「どうやって知った？」

「わかりません。声が教えてくれました。わたしのあらたな名前は〝道しるべ〟で、イマーゴに道をしめすのだ、と」

「ほかには？」

　ベングエルはわけがわからないというように、かれを見つめるだけだった。

　ローダンはもういいというように片手を振った。

「ついていくから、先導してくれ」

あらたな〝道しるべ〟は《ジュナガシュ》の司令室に近い数隻の船を経由して、明らかに中核と思えるベングエル船にかれらを案内した。ここにはきたことがない、とローダンは思ったが、いずれにしてもこの複合船のほとんどの部分は未知のままなので、たいした意味はない。

「もうすぐそこです。大きな秘密です！」〝道しるべ〟が快活な声でいう。

最初のときと同じく、またしても突然、目の前にホールがあらわれた。前回とちがってこんどはほんとうのホールで、天井が高く、直径も五十メートルはある。天井は占星術のシンボルで飾られ、プラスティック製の恒星が軌道を描き、神秘的な象徴が配置されていた。ベングエルはこのホールで星読みでもしていたのか？　そのようだったが……いまは調べている時間がない。

ローダンが反射的に考えたのは、罠だった。罠に誘いこまれたのだ！　だが、それはありえないとすぐに考えなおす。脅威はなかったから。ホールには二千名ほどのベングエルと、同じくらいの数のジュアタフがいた。密集していて、元樹上生活者の抑制のきかない性格を考えると、奇妙なほどしずかだ。

「ここはなにかおかしい」ベオドゥがさえずった。アッタヴェンノクの頭翼は神経質な動きを見せている。「どこか変だと感じる……」

ローダンがとめる間もなく、ベオドゥはトランス状態におちいったかのように、ふらふらとホールに入っていった。同時にまた同じことがくり返された。密集した肉体が電気ショックを受けたようになり……ジュアタフとベングエルのあいだに光が生じるのが見えた。

ベオドゥが探るように、群衆のあいだを押しとおる。

なにが起きているのか、アッタヴェンノクにもテラナーにも理解できない。イマーゴ中毒のせいというのもむずかしかった。たぶんかれらはなぜこの場所に集まったのかも理解していない。

ローダンは瞬間的に名状しがたい力が増大するのを感じた。

身動きができない。からだじゅうの力が抜け、聞こえるのは無為に呼びかけてくるピココンピュータの声だけ。夢だ、とかれは思った。これは夢だ。こんどは映像も付随していた。

4　遠い歌声

サラアム・シインは自身のネットウォーカー船のボウル形上部構造にこもっていて、はじめて違和感に気づいた。意識のごく片隅になにかが……かれを不安にさせるもの、性質のはっきりしないなにかが存在する。

オファラーは思わずテレスコープ状の頸をいっぱいにのばし、《ハーモニー》のプロジェクターがせまいキャビン内部に投影している環境に目を凝《こ》らした。周囲はすべてブルー・グリーンの濃密な藪で、足もとには架空の小川が近くの川に向かって流れている。地平線に連なった山々の手前には、故郷惑星ザアトゥルで見られる、細いが丈高い木々が生い茂っていた。

「プロジェクション、オフ！」ほとんどプシオン成分を交えず、歌うようにいう。短い音階は味気ない響きだった。声にプシオン成分を乗せないときはいつもそうだ。だが、いまは聴衆もおらず……それでかまわなかった。プシオン成分はそれでなくても微弱な違和感をさらにわかりにくくしかねない。

小川と藪が消え、山や木々といった背景の自然景観の幻影もそのあとを追う。のこったのは惑星サバルで通常のネットウォーカー船を名歌手用に改装したとき設置した、からっぽのプロジェクター・ボウルだけだった。ボウルの上縁にはプシ・プロジェクターが配置され、受音フィールドがマイクロフォンのようにサラアム・シインの歌声をプシ成分ごと記録する。船内に設置された〝オルガン〟がそれを処理し、最後にプロジェクターがオファラーの合唱を付加する。それこそが《ハーモニー》の力だった。

人工の合唱団をともなったサラアム・シインの歌声は遠くまでとどく。限界はまだわかっていないが、直径半光年の球形の範囲をカヴァーできるのはたしかだった。この範囲内でかれの歌は暗示的な効果を発揮し、すでに多くの生命体がオファラーの歌に屈していた。エスタルトゥではつい最近まで、永遠の戦士がこうしたオファラーの歌声を警察による真相究明に利用していた。惑星マルダカアンでは〝生命ゲーム〟の組織や運営にも。そしていま……

すくなくとも、ここはハンガイ銀河だ。名歌手はそのことに意識を集中した。

からっぽのプロジェクター・ボウルは、さっきの違和感がそこから生じたのではないことをしめしていた。どこか遠く、もしかするとはるか遠くで生じたものだろう。《ハーモニー》の影響範囲の直径半光年、つまり各方角に四分の一光年の範囲内のどこかで、なにかが起きたということ。

「探知をたのむ」と、シントロニクスに声をかける。「ここを中心に、六光月の範囲内にはなにがある？」

「なにもない虚無空間内に、銀河系船団と、ジュアタフとベングエルの船団が存在します」

「それだけか？」

「あとは宇宙塵と微小天体だけです。われわれの現在位置はナコード・アズ・クールと最後のハンガイ・クオーターの中間で、もっとも近い恒星は六万光年はなれています」

「この一時間以内に新しい船は合流したか？」

「六隻が合流しています。ジュアタフの有翼船四隻と、ベングエルの宇宙船が二隻です。ただ、ナコード・アズ・クールに向かう船はまだ多く、つねにあらたな船がくわわっている状況です。途中で偶然この船団の存在を知り、合流してくる船もいます」

サラアム・シインにもそれはわかっていた。そのために船団がつねに遅延と戦っていて、その船団をまとめようと努力しているのがおもに《シマロン》だということも。手がかりはつかめない。つねにあらたな船がくわわりつづけている状況で、どうすればあの違和感の正体がわかるだろう？

あるいは、たんなる勘ちがいだったのか？

かれはオファラーという種族の名歌手であり、本質的にこの宇宙の生命体ではない。

メエコラー宇宙とは異なるストレンジネスに、遅れて反応があったのかもしれない……

だが、だとしたら、なぜかれだけが？　そもそも、ほんとうにかれだけなのか？　調査団のほかの参加者とは、まだだれとも話をしていない。できるだけ早く確認しようと、かれは心に決めた。

《ハーモニー》の中心部にある、全デッキを貫通するせまい反重力シャフトに入り、司令室に向かう。ウシャアル星系の出来ごと以来、乗客のカルタン人十二名はつねに見張りを最低一名置くようにしていた。無意味なことを、と名歌手はあらためて思った。かれの意見では、ネットウォーカー船のシントロニクスだけで充分だったから。

十二名はいっしょにタルカン宇宙に転移してきた。調査団のほかの船ならカルタン人は場ちがいに感じられただろうが、ここではそうではない。とはいえ、かれとカルタン人が親密というわけでもなかった。

見張りはゲ・リアング＝プオ本人だった……オファラーの視覚器官でカルタン人を見分けるのはむずかしいが、そのことはすぐにわかった。女カルタン人を、というべきだろうか。心のなかでそう考えなおす。テラナーのいう〝猫に似た種族〟は母系社会を築いていて、ゲ・リアングはこの小集団のリーダーだった。

「おや、サラアム・シイン」彼女の声はオファラーの聴覚器官に突き刺さるようだった。

「ボウルのなかにこもっているのがいやになったのか？」

「そうではない。なにか聞こえたような気がして……うまく説明できないのだが、遠い歌声のようだった。プシオン性の歌だ。そうでなければ聞こえなかったはず」

ゲ・リアングは一瞬硬直して、まじまじとかれを見つめた。彼女は強靭《きょうじん》な、がっちりした体格で、パラ露を使わなくても能力を発揮できる、仲間内で唯一のエスパーだ。

「残念ながら、なにも感じなかった。声が聞こえたというのはたしかなのか？」

サラアム・シインはすぐに確認の和音を発した。カルタン人がかれの言葉を疑ったりしないよう、そこに充分なプシオン力をくわえる。〝たしか〟とはいうものの、確信があるわけではなかった。

「だからここにきた。感じたのが自分だけなのか、ほかにも影響を受けた者がいるのか、知りたかったから」

「わたしは力になれない」ゲ・リアングが申しわけなさそうにいう。「ほかの者にもたずねてみてはどうだ？」

サラアム・シインは驚いて顔をあげた。

「どこで？」

「調査団のほかの船だ。候補はいくつもあるだろう。両イマーゴでもいいし、テラナーに同行しているミュータントでもいい。ほかにも思いつくはず」

「そうだな」名歌手は考えこんだ。「よし、まず《カルミナ》を探して、友のアトランにたずねてみよう」

アトランの船に向かうようシントロニクスに指示すると、アルコン人は《シマロン》にいるという。コースの変更はむしろ歓迎だった。そのほうが時間の節約になる。

やがて《ハーモニー》が《シマロン》に接舷すると、ずっと聞こえていた歌がやんだ。サラアム・シインはもうほとんど違和感をおぼえなくなっていたし、歌声がなにを思い出させるのかもわからなくなっていた。

ただ、音の連なりやプシオン成分が失われて、自身の一部がからっぽになった気分だ。〈それでこそ名歌手というもの〉と、皮肉をこめて思う。〈わたしに匹敵する者はいない。すくなくとも音楽の世界には〉かれは〝有機シンセサイザー〟を保護する頸を何度か伸縮させて息をととのえ、シオム・ソム銀河の〝紋章の門の歌〟で緊張をほぐした。

*

アトランは《シマロン》の司令室にいた。サラアム・シインにはかれが興奮していることがわかった。人類が〝涙〟と呼ぶ、塩分をふくんだ液体が目尻から流れていたから。ただ、こういうかたちで興奮を表現するのはアトランだけだ。アルコン人の代謝はテラナーとはすこしちがっている。

「ああ、サラアム・シイン！」アトランが大声でいった。「うっかりしていた。以前話した件で、いくつかあらたな知見がある。会議室に同行してもらえるか？」

「興味深い話なら」オファラーは歌うようにいい、自分の問題には触れなかった。まずは相手の話を聞いておきたい……そうすれば、違和感の説明がかんたんになるかもしれない。

サラアム・シインよりも半メートル背が高く、赤い樹皮状の肌ではなく白い滑らかな皮膚を持つアルコン人は、かれの先に立って会議室に向かった。すでに二十名ほどが集まっている。ほとんどが人類かその近縁種族で、レジナルド・ブル、バス＝テトのイルナ、イルミナ・コチストワ、ペリー・ローダンの娘のエイレーネ、ジュリアン・ティフラーといった、かれが見知った顔もあった。ローダン自身はべつの場所にいるようだ。ほかにもサラアム・シインが会いたいと思っていた、テラナーやそれ以外のミュータントの姿もある。フェルマー・ロイド、黒い肌のラス・ツバイ、褐色の被毛と一本牙《きば》が特徴的な二足歩行生命体で、身長わずか一メートルのグッキーだ。どこかハウリ人に似た長身のヒューマノイドはラトバー・トスタンだろう。その横のテーブルの上にはポージー・プースという、グリーンの小型種族がすわっていた。

「全員そろったか？」アトランが周囲を見わたす。サラアム・シインはラス・ツバイの横の席が空いていることに気づいた。「けっこう」アルコン人が先をつづける。「集まってもらったのは、状況に進展があったからだ。ペリーとわたしは同時に、夢のような幻影を見た。正確には、声がコンタクトしてきた。われわれはこの現象を〝二重連合体〟の効果として知ることになった。簡潔にまとめると、まず、ペリーとわたしがイマーゴになった理由がわかった。かれとわたしが特別な細胞活性装置を身につけていたからだ！　第一、二重連合体は細胞活性装置に〝エスタルトゥの接吻〟という印を刻んだ。第二、二重連合体によっても、ベングエルとジュアタフにはなにも起きていないことがはっきりした。もちろん失うものはあるが、声のいうとおりなら、本来の状態にもどるだけだ。当然、すべてエスタルトゥがやったことだが、どうやったのかは声も教えてくれなかった」

しばらく静寂がつづき、サラアム・シインはこの会議で自分の問題は解決できないと悟った。

「二重連合体が正しいと、どうしてわかるんです？」ラトバー・トスタンというヒューマノイドが不快なほどしわがれた声でたずねた。「われわれ、まちがったシュプールに導かれているのかもしれない」

そのひとことではげしい議論がはじまったが、名歌手はじっくり耳をかたむける気になれなかった。気分をおちつかせる和音を人類の可聴閾下でハミングすると、議論はたちまち冷静なものになる。グッキーとバス＝テトのイルナだけがいら立たしげな視線を向けてきた。かれらはほかの者たちよりも低い音を感知できるようだ。

会議が終わると、サラアム・シインはミュータントに直接声をかけ、グッキーとフェルマー・ロイドとラス・ツバイとともにあとにのこった。

「どうしたんだい、歌手？」グッキーと呼ばれる毛深い生命体がぶしつけに、きんきら声でかれに話しかけた。

サラアム・シインはそんなふうに話しかけられるのに慣れていなかったが、なんの悪意もないことを感じとり、すぐに適応した。音楽的に慎み深い短い歌声で、簡潔に問題を伝える。だが、その意味があるだろうか？　オファラーは急に疑問をおぼえた。結局、遠い歌声はもう一時間半のあいだ聞こえておらず、かれの違和感をほかのだれも認識していないのだ。

「いや、気づかなかったな。どう思う？」ラス・ツバイという黒い肌のテラナーが申しわけなさそうにいい、グッキーとフェルマー・ロイドに目を向けた。この二名がテレパシー能力の持ち主だということはサラアム・シインも知っている。

「残念ながら、わたしもだ」フェルマー・ロイドの声はきわめて心地よかった。人類にしては驚くほどおちつきがあり、安定している。

「ぼくもだね」と、グッキー。親しみ深い態度だが、その声を長く聞きつづけるのは無理だと名歌手は思った。「でも、できることはあるぜ。ぼくとフェルマーならあんたの思考内容を分析して、なんらかの結果が引き出せると思う。それが望みってこと、歌手？」

「やってみてくれ」サラアム・シインは不承不承そういった。思考内容を他者の前に開陳するのは気が進まないが、謎を最後まで追究したいなら、グッキーの提案に乗るしかない。

ロイドとグッキーが正面に立つ。サラアム・シインは覚悟を決めていたものの、思わずテレスコープ状の頸を引っこめた。器官房がほとんど環状発話膜にかくれてしまう。

だが、なにも起きなかった。

しばらくして、両ミュータントがからだの力を抜いた。

「がっかりさせることになるが」と、フェルマー・ロイド。「きみの心を読もうとすると、障壁に突き当たった。音の障壁のように思えた」

「わかんないけど、たぶんサラアム・シインの頭には音楽しかないのさ。考えるのも歌で考えてる」

「ありえることだ」名歌手がおごそかに答えた。ネズミ＝ビーバーの言葉に怒るどころか、賞讃されたと感じている。「力になってもらえないようなので、わたしは《ハーモニー》にもどる」

かれは《ハーモニー》が接舷しているハッチに向かった。不可解な違和感をかんたんに説明する希望は断たれた。そもそも説明は可能なのか？　もちろんだ、とオファラーは思った。どんなことであれ、単純な説明はつくもの。複雑に思えるのは理解力が不足しているからだ。

「サラアム・シイン？」

かれは殴られたかのように動きをとめた。目の前に立っている男はどこからあらわれたのか？　すくなくとも通廊の二十メートル先まで、出てこられるような分岐は存在しない。だが、そんなことを考えている場合ではない気がして、名歌手は注意を相手の外観に向けた。身長百九十センチメートルくらい、汚れたオーヴァオールを着用し、髪は短く刈りこんでいるが、あちこちに毛の房が飛び出している。鼻と口と耳はどこかサラアム・シインが知っている人類とは異なっていて……いってみれば、位置と大きさがおかしい。

「わたしはベネカー・ヴリングという」男が口を開いた。「さぞ不安なことだろう、サラアム・シイン。だれもきみの助けになれないから。それでも、わたしの忠告をよく聞いてもらいたい。あきらめるな！　また音楽が聞こえたら、耳を澄ませ！　行動するのだ！」

男は背を向け、すこし先の次の分岐を曲がって姿を消した。サラアム・シインは同じ場所に茫然と立ちつくしている。声も出せず、いずれにしても手遅れだ。こんなふうに行かせてしまうべきではなかった……あれはふつうの人間ではない。それだけはたしかだった。

ベネカー・ヴリングはたんに話したのではなかった。歌ったのだ。名歌手であるかれにもできないほどうまく。

5　ヒルダル

ペリー・ローダンは自分が自分でないように感じ、すこし眠気もおぼえたが、そんな感覚はすぐに緊張した警戒心にとってかわられた。これは通常の夢ではない。むしろ幻視だ。

意志の力で目を見開く。地面は硬く、押しかためられた砂か、岩の上に横たわっているようだ。頭上には赤みがかった空がひろがっている。ローダンは上体を起こして周囲を見まわし、なぜこのイメージが生成されたのか、手がかりを探ろうとした。地平線にはなだらかな丘が連なり、空気はアーモンドのような甘い香りがした。あたりには灌木《かんぼく》の藪と葦のような草が生い茂り、甘い香りはその草が放っているようだ。動物の気配は感じられない。

「拉致《らち》されたようだ！」と、なかば皮肉をこめて、静寂のなかで叫ぶ。

そのあと立ちあがり、ほかにどうしようもないので、あたりの景観をたしかめることにした。だが、そうはいかなかった……背後の藪からしずかな擦過音が聞こえる。ローダンはなにがあっても驚かないつもりだったが、振り返って見た幻視の迫真性には驚きをかくせなかった。

目の前に女性が立っていた。

「わたしはヒルダル」彼女が親しげな声でいう。

ヒルダルは身長百七十センチメートルほど、年齢は二十五歳から三十歳くらいだろう。たたずまいがすこしゲシールに似ている。まちがいなく美しいが、エロティックな印象はまったくなかった。肩まである髪はウェーヴがかかり、目は大きく、褐色だ。身をつつむのは簡素なグレイの修道服のような衣服だが、それも彼女の美しさを損なってはいない。

「ペリー・ローダンだ」

「知っています。あなたが〝エスタルトゥの接吻〟を帯びているから、こうしてあらわれた。あなたに知識をあたえるという特別な任務を受けて」

「訊きたいことがたくさんある。いいところにきてくれた」

「そういうことではないのよ」ヒルダルは大きな目でいら立ったようにかれを見た。ローダンは自分が理想とする女性のイメージのひとつを彼女が体現していることに驚きをおぼえた。「わたしはかぎられた知識しか持っておらず、それ以上のことは伝えられないの」

「自分が何者なのかくらいは伝えられるはず」

「それもできない」ヒルダルが申しわけなさそうにいう。「過去のことを話しましょう。支配者ヘプタメルについて、エスタルトゥとその子供たちについて」

「それは興味深い」と、テラナー。「概略はわかっているが、細かい点や裏づけはだれも教えてくれなかったから」

ローダンはヒルダルを見つめていたが、その行為が不自然だという自覚はあった。なぜほかのところに注意が向かないのかと、不思議に感じはじめる。藪もあれば、葦に似た草も生えているのに。空気中に漂う香りは重く、ヒュプノ効果があるかのようだ。視線はすぐに彼女のふたつの目にもどってしまう。その柔らかな色を愛《め》でると、褐色がひろがっていく。

〈あなたの時間で五万年以上昔……〉

説明がはじまっているのか？　声に出さずに考えただけだったが、答えが返ってきた。

〈そのとおりよ〉

二十名のカルタン人がひろい部屋にすわっている。遠近感がおかしかったが、ローダンにはその理由がわからなかった。一カルタン人が馬《ば》蹄《てい》形のテーブルの中央に生じたプシオン力の横に立っている。その力はエスタルトゥの一部であり、カルタン人はその声だった。

「計画は失敗した」と、そのカルタン人がいった。「われわれ、破滅の支配者がもっとも安全だと思っている場所に攻撃をしかけた。だが、安全だと思うのには根拠があった。攻撃は第二防衛線にもとどかなかった。わたしの支援が不足していたから。かろうじてカルタン人の船がそこまで到達し、厄介な害虫のように奮戦した」

しばらく陰鬱《いんうつ》な沈黙が降りた。

「だからいったでしょう」色彩豊かなコンビネーションを身につけた一カルタン人がテーブルの端で声をあげ、ほかの者たちを憤然とにらみつけた。「一度では不充分なんです。一点に攻撃を集中する必要があります。そうすれば破滅の支配者も突き崩せるはず」

「いいや」

ローダンは憑依《ひょうい》されているカルタン人の声がさっきより力強いことに気づいた。

「そのやり方ではだめだ。どこを攻撃することになるか、わかっているのか？　すべてを失うだけだ。防御されていない弱点など存在しない。炎の侯爵がカルタン人を一掃するだろう。そのことを知らずにすんでいるのをよろこぶべきだ」

「では、どうしろと？」軍の代表が憤然と声をあげた。「次世代が滅びていくのを、手をこまねいて見ていろというのですか？」

「そうはいっていない」

またしても、しばらく沈黙が降りた。

「では、どうするんです？　あなた自身が最終決戦に臨むのですか？」

「いや。戦いはするが、最終決戦で勝利するつもりはない。わたしはエスタルトゥ。きみたちを助けにきた。数十年にわたり、ヘクサメロンをとめるため、きみたちとともに苦労してきた。次はべつのやり方をためしてみたい。悪いやり方を最後まで突き詰めても、いい結果は得られない。まちがった戦略は、力を失う前に考えなおすべきだ」

　馬蹄形の中心の力が徐々に弱まるのが感じられた。

「われわれ、なにをすればいいでしょう？」数名のカルタン人がほぼ同時にたずねた。

「なにも……わたしがあらたなやり方を探す」

〈そして実際、エスタルトゥはそうしたの。この宇宙に助けにきて、ほかに方法はないと考え、みずから危地に赴いた。二十の地はすぐにエスタルトゥと支配者ヘプタメルの戦場となり、ヘプタメルには見抜けない計画がかたちをとりはじめた……自身の性質とあまりにも異なっているため、ヘプタメルには想像することもできない計画が〉

「その計画を説明してもらいたい」ローダンがいった。

〈できない。わたしも計画の一部しか知らないから。でも、知っていることは教えましょう〉

　エスタルトゥはウシャアル星系の第五十九惑星が最適と考えた。そこがハウリ人の故郷惑星で、アフ＝メテムもしばしば立ちよっているのを知っていたから。ただ、計画が成功する可能性が大きいことは敵の目からかくしておきたい。

エスタルトゥはこの惑星内部に各種金属の鉱脈を発見していた。プラスティックを生産するための資源もそろっている。超越知性体でありながら、彼女は自身の精神質量から物質を創り出すことができなかった。だが、素材さえあれば精製は可能だ。彼女は時間をかけて、惑星の深部で五百体の各種ロボットを製造し、トト・ドゥガと名づけた。ソタルク語でおおまかに〝わたしのちいさな子供たち〟といった意味だ。

ローダンは奇妙な視点からロボットを眺めた。いくつかは見おぼえがある。まちがいなくジュアタフの、きょう〝エスタルトゥの接吻〟をかれに感じたマシンだ。

「それでどうなった？」

〈しばらくして、エスタルトゥの準備が実を結んだ。その話もしましょう。

エスタルトゥと支配者ヘプタメルが間接的に関与する戦いは何度もありましたが、決定的な戦いは一度だけでした。すこし前まで、超越知性体は勝つチャンスが充分にない戦いは避けていました。もちろん……その〝充分なチャンス〟を敵に知られるわけにはいかない。そのことは彼女もわかっていて、ある計画を考えついたのです〉

すでにハンガイ銀河のハローのなかで、支配者ヘプタメルは最初の降伏勧告を発していた。エスタルトゥはもう呪縛を振りほどくことができないように見えた。プシオン性の拘束に対する抵抗が徐々に弱くなり、攻撃もしだいに力を失い、彼女は敵が〝七の日の支配者〟と呼ぶ者を攻撃しようとしはじめた。

ローダンは両者を色つきの光点として認識していた。ヘプタメルが赤、エスタルトゥがグリーンだ。どうしてその色に？　そう思ったが、答えはすぐにわかった。ヒルダルがナコード・アズ・クールでのかれの記憶を参照したのだろう。強大な両者の戦いをはじめて瞥見《べっけん》したのがあのときで、両陣営は赤とグリーンに色分けされていた。それを踏襲したにちがいない。

第一に感じたのはふたつのプシ放射源だった。支配者ヘプタメルの降伏勧告はローダンには理解できない平面でなされたものだが、それでも解釈することはできた。

エスタルトゥはその間に、ウシャアル星系があるだいたいの方角に向かって逃走を開始した。途中、ヘプタメルはハウリ人の艦隊とヘクサメロンの補助種族の部隊を呼び集めた。エスタルトゥはこれに対してカルタン人に救援をもとめた。カルタン船がほとんど脱出できないのは承知の上だが、そうするしかなかった。救援を呼ばなかったら、ヘプタメルが疑念をいだくかもしれないから。

攻撃に対するこの反応は、ウシャアル星系方向への逃走を偶然に見せかけるためのものだった。七の日の支配者は明らかに、敵を無傷で制御下に置きたいと考えている。だからエスタルトゥに対して降伏勧告を送りつづけているのだ。勧告の効果はなく、両者はまもなくいっしょにハウリ人の故郷星系に到着しそうだった。

ローダンの位置からはいささか小規模なカルタン人の艦隊が見えた。ヘクサメロンの部隊は数百万隻の規模だ。それだけでも戦力の不均衡は明らかだった。エスタルトゥはどうやって、この死の罠から脱出するつもりなのか？　第五十九惑星の地下で、いったいどんな準備をしているのか？

〈すぐにわかるわ〉ヒルダルがいった。

エスタルトゥの計画の第一段階は完璧にうまくいった。彼女が戦場を決め、ヘプタメルに自分が決めたと信じこませたのだ。プシオン枷《かせ》で行動範囲は制限されているが、彼女は進んで惑星ゼレンガアに向かっていった。敵艦隊は初戦で軽微な損傷を受けただけ……それはこれからはじまる本篇の、ちょっとした前奏にすぎない。

ヘプタメルが最後の降伏勧告を発し、プシオン性の攻撃でほんとうの戦いの火蓋を切った。エスタルトゥはほとんど反撃できない。

〈彼女は支配者ヘプタメルから姿をかくしている〉ローダンの意識のなかに声が響いた。〈エスタルトゥは見せかけているほど弱くない。もしそうだったら、たちまちやられていたでしょう。なのにヘプタメルは楽な相手だと見くびっている。勝者はもう決まっている……すくなくとも、勝ったように見える側は〉

ローダンは呪縛されたようになりゆきを見守った。

　ヘクサメロン艦隊とカルタン人のトリマランの戦いは激戦になっていた。エスタルトゥはゼレンガアの地表に到達し、七の日の支配者に追われるかたちで南極に向かった。最後の瞬間に決定的な反撃をくわだてていることはおくびにも出さない。

　軌道上から流れ弾が南極とその周辺地域に降りそそいだ。非物質的存在である両者にはもちろんなんの影響もないが、それで生じた混乱はエスタルトゥに有利に働いた。かくしておいた力の多くを使って、支配者ヘプタメルの攻撃を察知したのだ。彼女が抵抗できなくなったと見るや、決定的なエネルギー前線が迫ってきた。

〈よく見て！〉

　その後の数秒はまるでスローモーションだった。

　赤い光点のあった位置にすさまじく強力なプシオン波が生じ、エスタルトゥに向かっていく。それが標的に到達する寸前、超越知性体は数百のちいさなかけらに分裂した。それがゼレンガアの氷床の無数の割れ目に消えていく。支配者ヘプタメルが放ったエネルギーはエスタルトゥの力の無意味な残滓《ざんし》と衝突し、恐ろしい規模の爆発が惑星を根幹から揺るがした。

　直径二百キロメートルのクレーターが形成された。その表面では氷が溶け、数時間後にふたたび氷結して、戦いのシュプールはゼレンガアの山々のなかに失われた。

「エスタルトゥはどうなった？」と、ローダンがたずねる。

次の瞬間、かれはさまざまな形状の五百体のロボット、トト・ドゥガを見ていた。超越知性体が事前に製造していたマシンだ。そのひとつひとつに霧の断片が慎重にかくされている。ローダンはようやく計画に気づいた。エスタルトゥは分裂し、量子化して、ジュアタフとベングエルというかたちできょうまで長らえてきたのだ。

だが、ベングエルとジュアタフは数十億もいる……

〈なぜそうなったのか、わたしも語ることはできない〉

あらためてじっくりと、五百体のトト・ドゥガを見る。するとかれらが保管されていた暗い洞窟ではなく、突然、ふたつの暗褐色の湖が見えた。それが収縮し、すぐにふたつの目になる。

「ヒルダル」ローダンがつぶやいた。

無理にも彼女の目から視線をはずし、その場にすわりこむ。つまりこれがエスタルトゥの物語、あるいはその主要部分だったわけだ。多くは予想どおりだったし、一部はすでに知っていた。二重連合体と知識権限の中枢の背後にはエスタルトゥがいて、裏からいろいろとやっていたのだろう。

「それからどうなった？」

ヒルダルはかれの横に腰をおろした。

「わたしが話せることはもうない。トト・ドゥガは生命に目ざめたわ。かれらのちいさな独自の知性がエスタルトゥの巨大なかけらに触れ、それなりの時間が経過して、かれらはアクティヴになった。地下に造船工廠《こうしょう》を建設し、宇宙船を建造して……」

「ハウリ人はなにも気づかなかったのか？」

「あなたの時間で五万五千年前、かれらはまだそれほど進歩していなかった。実際、なにも気づかなかったの。やがてトト・ドゥガは、ゼレンガアの地表に通じるシャフトを通って外に出ていった。それだけよ」

ローダンは慎重に、地平線に連なる丘のあいだの動きを探した。当然、なにもない。これは幻影で、現実ではないのだ。周囲の藪や葦は存在しないそよ風にちいさく揺れているが、においは感じない。最初に嗅いだアーモンドのような甘い香りは消えてしまっていた。

「いや！」ローダンははっとして叫んだ。「きみはまだ、いくつかの質問に答えていない！」

ヒルダルのローブのような衣服がからだごと透明になっていく。

「ほかになにをいえと？　もう力が消えかけている」彼女の顔になんともいえない異質な表情が浮かび、直後にからだが消えた。のこっているのは両目と、肩まであるウェーヴのかかった髪だけだ。

ローダンの足もとの地面が消失した。

かれが最後に感じたのは、色だった。世界がヒルダルの目のような褐色になり、かれはその目のかたちがゲシールにそっくりだったことに気づいた。

*

ホールは信じられない惨状だった。二千名ほどのベングエルとほぼ同数のジュアタフが死んだように立ちつくし、あるいは横たわっている。全員が回復することはわかっていたが、そのときベングエルは原始的な樹上生活者に退行し、ジュアタフは単純なマシンになってしまっているはず。ヒルダルや幻影のシュプールは見当たらない……テラナーはあらためて夢からさめた気分になった。

「ベオドゥ！　どこにいる？」

「ここだ、ワキアン！」甲高く悲痛なさえずり声がした。ちびのアッタヴェンノクが一ベングエルのからだの下から這い出そうと苦闘している。「気を失っていた。またあれが起きたんだな？」

「そうだ、親愛なる友よ、また起きた。そこでエスタルトゥになにがあったのか、すくなくともその一端を知ることができた。あとで全員がそろったら、そのとき話すことにしよう」

ネット・コンビネーションのピココンピュータが呼び出し音を鳴らし、耳もとの音声突起からささやいた。

「通信が入っています、ペリー。しばらく前から呼びかけてきています」

「つないでくれ」

次の瞬間、レジナルド・ブルの特徴的な胴間声《どうまごえ》が響いた。

「くそ、ペリー、どこに行ってたんです？　十分前から何度も呼びかけたんですぜ！」

「《ジュナガシュ》だ、ブリー。数分ほどなにもできなかった」

「それはまたどういう意味です？　危機は脱したんですか、それとも救援が必要ですか？」

「こっちはすべて問題ない。あとで話そう。そっちはどうなっている？」

ブルは鼻を鳴らした。

「とんでもないことになってます。信号を受信して、ベングエルとジュアタフは狂乱状態です。あなたがすぐにきてくれると助かるんですがね。すくなくとも、それでイマーゴがふたりそろうわけですから」

「すぐに向かう」

ブリーの話で全容がつかめたわけではないが、ひとつだけ確実なことがあった。イマーゴ捜索者がかれを見失うことはない。一光年以内にいれば居場所がわかるのだから。なにかべつのことが起きたにちがいない。

「これからどうする、ワキアン？」

ベオドゥはどうにかベングエルのからだの下から抜け出して、近くのベングエルを調べていた。数名はもう目ざめているようだが、ほぼ全員が回復するにはまだ時間がかかるはず。それまで待っているわけにはいかない。

「行くぞ、ベオドゥ！　《シマロン》に向かう」

「お望みのままに」

ベオドゥはぐったりしたベングエルと動かないジュアタフのあいだを縫ってホールの出口に向かい、ローダンの横に立った。左右の頭翼の下にある口吻《こうふん》をいきなりのばし、疑わしげにローダンのコンビネーションのにおいを嗅ぐ。

「このにおいは気にいらない」

ローダンは片腕をのばし、自分でもにおいを嗅いでみた。たしかに、アーモンドのような甘い香りが袖口にかすかに感じられた。

「気にするな。さ、仲間が待っている」

6　集合の呼びかけ

レジナルド・ブルは旅の途中でときどき、なにがなんだかわからなくなることがあった。ペリー・ローダンとアトランがどちらも、船団の編成に関与するのを拒んだのだ。「そのためにきみがいるんだ、でぶ」と、ローダンはいったもの。そしていつものように、ブルは譲歩して任務を引き受けた。船団をまとめておくのがどうしてこんなに大変なんだ？　答えはわかっていた。ベングエルとジュアタフのせいだ。

船団のちいさな一部隊、銀河系船団は問題なく機動している。人工脳がコースの変更にもうまく対応していた。だが、ベングエル船は絶望的なほど時代遅れで、多くの故障をかかえているようだった。それぞれ数千隻の小型船が融合した三十隻の大型船はそれほどでもないが……五万隻の小型船が足を引っ張って、船団全体の速度が落ちている。

全体的な故障は《ジュナガシュ》のような複合船にも生じていて、構成する一部の小型船が落後したりする。その場合、当然ながら乗員の移送が必要になるが、ベングエルにはそれがなかなかむずかしいらしかった。理論的には小型船もテラの二十一世紀レベルの超光速航行が可能だが、現実はそうではない。

くわえて、あらたに到着する者たちの問題もあった。ハンガイ銀河ではナコード・アズ・クールがまだペリー・ローダンの居場所だと考えられていて、通常空間にもどるたび、イマーゴ中毒者の群れが押しよせてくるのだ。かれらの状況を説明して熱狂を冷まし、船団内に配置するのには時間がかかる。

そのため、二月十六日現在、まだハンガイ銀河の外縁にさえ到達できていない。ハローまで行ければ安心なのはわかっていた。ハンガイ銀河の最後のクオーターが転移の期日を迎えたら、ハローもふくめたすべての質量がメエコラー銀河に移動するから。

帰郷の道はほかにない。

*

翌日、アルコン人のアトランが船を訪れた。なにをしたいのかブルにはよくわからなかったが、よろこんで《シマロン》の会議室を用意した。

合間をぬって、部下や八基が連携したシントロニクスではこなせない日常業務をこなす。船団の運用指示を出し、リニア空間から通常空間に〝落下〟しないよう確認し、各艦船がばらけずに同じ方角に進むよう気を配るのだ。

アトランの〝啓示〟はちょうどいい気晴らしだった。かれは急いで調査団の重鎮の面々に声をかけ、《シマロン》で会合を開くことにした。ペリーだけは不参加だった。同行者のベオドゥとともに《ジュナガシュ》に行っていたから。会合では、ペリーとアトランがイマーゴとなったのは特別な細胞活性装置を持っているからだとわかった。最後にラトバー・トスタンが疑念を口にして、会合は終わった。

　そのあいだに船団はハンガイ銀河の外縁から数光年のところまできていた。

「レジナルド」副操縦士で副長のランド・ミシュコムがいった。「通信で呼ばれています。ペリー・ローダンの《レダ》とアトランの《ナル》から同時にです」

「いい話じゃなさそうだな」ブルは悪態をつきながら通信機の前に向かった。スピーカーとマイクロフォンが顔の前に自動的に形成され、いまはローダンの《レダ》とだけつながっていることがしめされた。「こちらブル」

「メッセージがあります」ドリフェル・カプセルの柔らかい声がいった。「現状、ペリーとコンタクトできないので、あなたが次の……」

「どういう意味だ?」ブルが相手の言葉をさえぎった。「ペリーとコンタクトできない?」

「呼びかけに応答がありません。ただ、ピココンピュータとはコンタクトできています。ペリーは巨大な二重連合体内にいて、現実との接触が断たれているようです。それ以上の詳細はわかりません」

「危険な状況なのか？」

ブルは《レダ》の情報を信用していなかった。ドリフェル・カプセルというもの自体を信用していないのだ。あまりにも高度で、欠点がなく、予測がつかないから。この通信が終わったら、ローダンを捜索するよう指示を出すことになるだろう。

「明らかに、危険な状況ではありません。連絡したのは別件です。わたしと《ナル》は数分前から奇妙な信号を受信しています。ハンガイ銀河からで、測位の結果、発信源はここから八万三千光年はなれた、銀河主要平面の上半分と判明しました。そちらの通信機は超高周波インパルス用に設計されていないので、受信できていないと思います」

「通信内容は？」

「解読中です」

「だったら、その話はあとだ」ブルはラランドに、急いでローダンとコンタクトするよう指示した。同時に中央ハッチがスライドし、アトランが駆けこんできた。

「話は聞いたようだな。ハッチをくぐった瞬間に《ナル》から連絡があった」

「なんの騒ぎです？」と、ブル。「インパルスについては、われわれにできることはありませんよ。ペリーの心配をすべきでしょう」

「同意できないな、ブリー。ペリーなら自力でなんとかできる。われわれはむしろ……」

アトランはいい終えることができなかった。《シマロン》の船長、イアン・ロングウィンがめずらしく大声をあげたから。

「ベングエルとジュアタフが狂乱してます、レジナルド！　編隊が崩壊します！」

ブルは悪態をつき、パノラマ・スクリーンの前にもどった。問題がまだ起きたりないとでもいうかのように、イマーゴ捜索者がすっかりおかしくなっていた。

「ベングエルの複合船のどれかと通信を確立しろ。同時に、もとの隊形にもどるよう指示を出せ……最初は無意味に思えたとしてもだ」

ブルの指示を実行するのもかんたんではないようだ。通信には送信側と受信側があり、ベングエルはいまのところ、話を聞くことにまったく興味がなさそうだったから。

それでも五分ほどで、ようやく効果があらわれた。テレカムの画面に《ジュナガシュ》のベングエルの姿がうつる。

「イマーゴと話がしたい！　イマーゴに、〝計画指揮者〟がイマーゴと話したがっていると伝えてもらいたい！」

「ま、おちつけ」ブルは映像の正面にすわり、ベングエルをまっすぐに見つめた。〝計画指揮者〟はどう見ても興奮しきっている。なにか重要なニュースを耳にしたかのようだ。

「イマーゴと話がしたい！」ベングエルがくり返す。

「どのイマーゴだ？」ローダンとアトランがイマーゴと呼ばれているのは知っていた。ベングエルにいわせればイマーゴはひとりで、からだがふたつあるだけだということだが。

「イマーゴはすぐ近くに、あなたたちのそばにいる。あなたたちのそばにいるイマーゴと話がしたい」

アトランがブルを押しのけた。

「わたしのことだな、ブリー……なんの用だ、〝計画指揮者〟？」

ベングエルは見るからにほっとしたようすだったが、声には興奮がのこっていた。

「集合の呼びかけがありました。したがわなくてはなりません。先導してもらえますか、イマーゴ？」

「集合の呼びかけとはなんだ？」

その質問は〝計画指揮者〟を大混乱におとしいれ、ブルはかれからなにかを訊き出すのをあきらめた。

「ただちに船をもとのポジションにもどさないと、イマーゴがきみたちを先導することはない」と、アトランにかわって脅しをかける。「なにをすべきかは助言しよう」

アルコン人と視線を交わし、通信を切る。画面上に、ほかにも多数の通信要請がきていることがしめされた。どれも内容は同じで……ベングエルが不気味な呼びかけを受けていた。かれらは呼びかけにしたがいたいという衝動と戦い、イマーゴの近くにいたいという欲求とも戦っている。その結果がこの大混乱で、ブルはとうとう、船団の全艦船に通達する以外になくなった。もうすこしすると、イマーゴから庇護する者たちに向けた言葉がある、と。

「それしかなさそうだ、ブリー」アトランがいった。「付帯脳の推測では、〝集合の呼びかけ〟というのは《ナル》と《レダ》が受信した信号と同じものらしい。くわえて、コールサインを見ると、ジュアタフ・ロボットからも通信が入っている。ベングエルと同じ呼びかけを受けたということ」

ブルはしばらくじっと考えこんだ。

「なにかする前にペリーの到着を待ちましょう。すぐに連絡があると期待しています。会議の参加者はほとんどがまだ船内にいますから、全員を呼び集めます。アトラン、あなたはそのあいだ、讃美者の相手をしていてください」

「心配するな、ブリー。かれらをなだめてくる」

ブルはアルコン人を通信機の前にのこし、全体放送でジュリアン・ティフラーとラトバー・トスタンほか、会議参加者全員を招集した。その直後、ローダンから応答があった。

*

全員がそろうのに半時間かかった。ローダンは何度も同じ話をしたくないといって、なにがあったのか、まだ説明していない。

「集合の呼びかけについて話し合う前に、まずペリーから、《ジュナガシュ》でなにがあったのかを語ってもらいたい」ブルはそういってローダンに力づけるような視線を向け、シートの背にもたれた。ベングエルはもうしばらく待たせておけばいい。アトランがかれらとジュアタフをどうにかおちつかせたから。

「すべてのはじまりは〝道しるべ〟と名乗る奇妙なベングエルだった」ローダンが話しはじめ、全員が耳をかたむける。「わたしの最初の幻視についてはこれから話すが、それはアトランが見た幻視と同時にあらわれた。特別な細胞活性装置を持つわれわれが、この種の体験の標的になっているのは明らかだ。だが、ヒルダルと、彼女から聞いたエスタルトゥの話はまだ……」

ブルは最初のひとことで興味深い話だと感じ、手首をちいさく動かして個人用の録音装置を作動させた。ローダンは五万五千年前、エスタルトゥがヘクサメロンとどのように戦い、ほとんど信じられない方法で、どうやって脱出したかを語った。そのあとすぐに話が終わる。

「ヒルダルから聞いたのは以上だ。エスタルトゥのいまの居場所はやはりわからない」

「どんな状態にあるのかも」ブルが指摘した。

「だが、エスタルトゥがいまもどこかで、どうやってか存在していることはわかった」と、アトラン。「手がかりは充分だが、すべて推測にすぎない。《レダ》と《ナル》が受信した信号に目を向けるべきだろう。そのほうが意味がある」

「それについてひとこといいたい」ブルが身を乗り出し、参加者全員を見わたした。「《レダ》から受信したインパルスを転送してもらい、《シマロン》のシントロニクス結合体に解読させたが……具体的な結果は得られなかった」

「ベングエルにしかわからないんでしょう」バス＝テトのイルナがうなずく。「それにもちろん、ジュアタフも。そこが心配なんです」

「すくなくとも、わたしは《ジュナガシュ》でベングエルと直接話をした」と、ローダン。「幻視を乗りこえ、ベオドゥといっしょに訪れたときだ。かれら全員が呼びかけを感じていた。通信機もプシ能力も必要なく、だれもがすべきことを正確に知っているようだった。かれらは集合の呼びかけに呼応したいと思っている。ただ、その意味を言葉にできないだけだ」

「面倒な問題だってことはわかりました」ブルがユーモアの感じられない笑みを浮かべた。アトランとアコン人のイルナはなにか訊きたそうな顔をしている。そのため、次に起きたことにブルはまったく驚かなかった。そんなことがあるだろうと予期していたくらいだ。

アトランが立ちあがり、口を開いた。

「まわりくどいやり方はなしだ。無意味な議論を重ねるより、なにをすべきかを考えるのだ。わたしとイルナは《ナル》で謎の発信源に向かう。そうすれば、背後になにがあるのかわかるはず。反論はあるか？」

最初はだれも、なにもいわなかった。ローダンさえそうだ。やがてブルがため息をついた。

「反論してもやるんでしょうが」

アトランがいいかえす前からはげしい議論がはじまった。すぐにふたつの陣営が形成される。一方はティフラーとトスタンとミュータント、もう一方はイアン・ロングウィンとラランド・ミシュコムほか数名だ。ローダンとアトランは出口に向かった。

「待ってください」ブルが声を張りあげ、録音装置をポケットにしまうと、通廊で友ふたりに追いついた。しばらくは三人とも無言のままだ。やがてアトランが口を開いた。

「なにが重要なのか、理解してもらいたい。きょうは二月十七日だ。最後のハンガイ・クオーターの転移は二十八日に予定されている。なんとしても行動が必要だ。どんなかたちであろうと、遅延は許されない」

「わかっています」ローダンがためらいがちに答える。「いいでしょう。あなたとイルナはいいチームです。気をつけて」

アトランは意味ありげに微笑した。

「結局また、だれもわたしのいうことは訊いてくれないわけですな」ブルが不機嫌そうにいう。「あなたがたふたりが合意したときは、いつもそうなんですから」

「ほかにいうことはあるか？」アトランがおもしろがるようにたずねた。

ブルがそこにこめられた皮肉に気づいたのは、数世紀のつき合いがあったからだ。

「なにもありませんよ」と、あきらめたようにいう。「行ってください。ベングエルとジュアタフはできるだけおとなしくさせておきます。ふたりとも、幸運を」

7　ジトラ

《ナル》はやや扁平な卵型で、長さ十五メートル、厚みはもっとも厚い部分で八メートルあった。前方三分の一に操縦装置と居住設備が、のこる三分の二にコンパクト化されたクエリオンの技術装置がおさまっている。

〈典型的なドリフェル・カプセルだ〉と、アトランは思った。ただ、《ナル》はかれの個性に適応した特別なものでもある。ひとりになると、かれは人間に話しかけるように《ナル》に話しかけた。

〈きょうはひとりではない〉付帯脳がいった。脳のほぼ独立した一部であるそれは、アトランが瞑想的になると自己主張してくる。

「どうしたの、アトラン？」

振り向くと、バス＝テトのイルナが問うような視線をかれに向けていた。なぜ自分がこのアコン人にひと目惚れしたのか、よくわかる。その黒い目に、かつてゲシールの目に感じたような引力を感じるのだ。しかも彼女の外観は、美女と呼ばれるどんな女性にも増して美しかった。だが、それだけではない。見た目に恋したわけではなかった。彼女の知性はある意味でかれを上まわっている。個々の部分よりもその合計のほうが強いのと同じだ。くわえて、さらに重要なのは、イルナもかれと同じ、相対的不死者だという点だった。

「どうしたの？」彼女が重ねてたずねた。

「すこし考えていた。数日のうちにカンサハリヤのプロジェクト組織はハンガイ銀河の最後のクオーターをわれわれの宇宙に転移させるが、それ以外のタルカン宇宙のすべてはあとにのこされる。生きるとはそういうことだ。同じように生まれながら、この宇宙の知性体は熱死によって滅びる。かれらにも未来をあたえたいが、わたしにそれだけの力はない」

大型スクリーンを見やる。そこには周囲の虚空がそのままうつし出されていた。ハンガイ銀河の外縁部だ。タルカン宇宙はどこもそうだが、背景放射の一部がすでに可視スペクトル領域に入りこんでいる。そのため、そこらじゅうにくすんだ赤い輝きが見えた。アトランはそれが温度の上昇をしめすものだと理解している。過去数百年のあいだに、多くの世界が滅亡の淵に立たされた。極冠の氷は溶け、気候が危険なほど大きく変動したから。このままなら、ハンガイ銀河の文明にのこされた時間は四、五百年だろう。

アトランはドリフェル・カプセルの操縦席にゆったりと背を預けた。考えてもむだなことはかれもわかっている。

「当面は待機だな。いっしょにきてくれてよかった、イルナ。航行中はふたりきりだ」

彼女は微笑し、からかうようにアトランの目をのぞきこんだ。

「それはどういう意味かしら……」

「大事なことは《ナル》が知っている」

「わたしは消えています」カプセルがいつもどおりのおだやかな口調でいった。「目的ポジションに到着するまで、声はかけません」

「そういうことだ」

アトランは指先で照明を操作し、ほの明かり程度になるまで光量を落とした。

*

「着きました、アトラン！」

アトランは夢うつつで伸びをした。

「目的ポジションか？」

「前方の星系にインパルスを発した送信機があります。そこから何者かが集合の呼びかけを発信したんです」

アルコン人はイルナとともにスクリーンを見つめた。惑星がふたつある恒星系がうつっている。主星は赤く輝く矮星《わいせい》で、カルタン人の星図には〝ダオ＝バン〟と記されていた。おもしろみのない外惑星はヴォンタルド、内惑星はジトラといい、インパルスはジトラから出ていた。

「データを比較した結果、驚くべきことがわかりました」《ナル》がいわれもしないのに先をつづける。「《レダ》が当該情報に関するペリー・ローダンの私的な報告を送ってきました。それによると、ペリーは十カ月前、ハンガイ銀河放浪の初期にタンバウという世界を訪れています。そこは無人惑星でしたが、ハウリ人の監視基地がありました。基地の目的はわからなかったようですが……どことなくエスタルトゥと関係があるらしいということです」

「要点はなんなの？」アトラン同様、すぐにはっきり目をさましたバス＝テトのイルナがたずねた。

「タンバウとジトラは双子のようによく似ています。どちらも高温の砂漠惑星で、重力はテラ標準で〇・三G、直径約八千七百キロメートルです。一年の長さも同じで、百二十日あまりです」

「いいたいことはわかった」と、アトラン。「ジトラにもハウリ人の基地があるかもしれないわけだ。それは間接的に、集合の呼びかけがエスタルトゥに発しているというわたしの疑念を裏づけることになる。《ナル》、タンバウはどこにある？」

「その惑星はすでにメエコラー宇宙に転移しています」

アトランは勝ち誇ったように両手を打ち鳴らした。

「賭けてもいいが、タンバウにも同じような送信機があるはず。だからハウリ人も基地を置いたのだ。ヘクサメロンの信者はそこにエスタルトゥの施設があることに気づき、破壊しようとした。だが、できなかったので、監視のための基地を建設したということ」

「ジトラもかれらに知られているかどうかが問題ね」と、イルナ。

「どうしましょうか？」《ナル》がたずねる。

アトランはアコン人と目を見かわした。

「危険はあるが、慎重に接近する。重要な探知結果があればスクリーンに表示しろ」

カプセルがおちついて加速する。ジトラは有利な位置にあり、超光速航行は必要なかった。半時間後、ジトラにハウリ人の基地があることが確認できた。ただ、生命の気配が感じられない。機能を停止しているのだろう、とアトランは思った。エスタルトゥがどれほど長く……五万年以上だ……姿を見せていないかを考えれば、驚くには当たらない。それだけの時間、無事に存続できた施設はごくわずかだ。しかもこの五万年のあいだ、送信機は一度も作動していない。ハウリ人が基地を放棄した理由はほかに考えられなかった。放棄されていると思うのは、すでに砲撃の射程に入っているはずなのに、基地になんの動きも見られないからだ。

「《ナル》、送信機のそばに着陸する。当面、ハウリ人の基地はどうでもいい。ただし警戒はしておけ」

「了解」

カプセルは低速でジトラの砂漠地帯に降下した。赤道近くの、頂上がたいらな山々の連なりをめざす。山の高さは砂地の地表から二、三百メートル程度だ。探測によると、送信機はいちばんすみの山の端にあるはず。《ナル》は高度五十メートルで数分間静止し、大きく低い高台の麓《ふもと》に着陸した。

「時間がないわ」肉体的な抵抗力が高いにもかかわらず、イルナは防護服を着用した。アトランは一瞬、彼女から目がはなせなかった。かれ自身はネット・コンビネーションを着用しているので、彼女の姿を堪能する余裕がある。「準備はいい？」その声には明らかに皮肉な響きがあった。

「もちろん」

外の空気は嚙みついてくるようだった。湿度も低く、コンビネーションのセンサーによると、気温は五十度にもなる。カプセルをあとにすると、ひねこびた草が高台の地面を薄くおおいつくしているのがわかった。この条件で充分に生きていけるらしい。

イルナは小型のプシ探知機を携行していた。これで送信機の正確な位置がわかる。

「その向こう、岩を迂回して百メートルくらいね」

アトランは放棄されたと思える基地からの攻撃をひそかに警戒していたが、なにも起きなかった。プシ探知機がしめす道を、なんの妨害も受けずに進んでいく。二分後、送信機にたどり着くのがそうかんたんではないことがはっきりした。どうやらたいらな岩塊の内部にあるらしい。

〈どこにあると思っていたんだ？〉付帯脳がたずねる。〈きみなら重要な装置をどこに設置する？　開けた場所か？〉

「ここからは行けないな」アトランがイルナに声をかけた。「入口を探すしかない。どう思う？」

「そうね」イルナは探るように周囲を見まわした。「わたしは左側を探すから、あなたはきた道をお願い。たぶんなにか手がかりがあるはず」

それはアトランにも合理的な判断に思えた。《ナル》の支援も期待していたが、カプセルは以前から、必要と感じたときに自分のほうから話しかけてくるだけだった。かれは慎重に、あらゆるひび割れをチェックしていった。一度など、張り出した岩の上を見るため、十メートルの高さまで岩を登ったりもした。成果はない。カムフラージュの可能性があまりにも多すぎる。

「アトラン！」

かれはなかば風化した岩の上から地面に飛び降り、イルナのいるほうに向かって駆けだした。彼女は懸命に手を振っている。岩の表面を見つめているが、アトランにはまだ、なにがあるのか見えなかった。

「なにかあるわ！」

イルナのそばで足をとめ、彼女が見つけたものをのぞきこむ。岩の表面に楕円形の細い線が刻まれ、送信機への通路の入口をしめしている。ハッチだ、とアトランは思った。岩の表面にはくっきりと、エスタルトゥの三角形のシンボルが刻まれている。

「どうするの？　内部を調べてみる？」

「いうまでもない」アトランはハッチに近づき、素手で周囲の岩に触れて開閉機構を探そうとした。

「触らないでください！」《ナル》の声がテレカムから響いた。

アルコン人が凍りついたように動きをとめる。

「致死性のエネルギー・フィールドが形成されました。それに触れたら、ネット・コンビネーションでも守りきれません」

〈論理的だな〉付帯脳がコメントする。〈結局、ハウリ人も送信機を破壊できなかったのだ。内部に入るのは不可能だろう〉

アトランは一見無害そうな岩のハッチを不機嫌に見つめた。アクセス・コードのようなものがあるなら、《ナル》が数日かければ解除できるはず。だが、時間がなかった。ローダンたちが帰りを待っている。

「提案があるわ」と、イルナ。「カプセルにもどって、シントロニクスがなんとかできるか、待ってみましょう」そういう彼女もアルコン人に負けないほどがっかりしているようだ。

ふたりはいっしょに着陸場所までもどり、船内の涼しい空気に触れて安堵の吐息をついた。

「アクセス・コードをランダムに合成してみます。よろしいですか？」と、ドリフェル・カプセル。

「それでいい」アトランはたいして期待もせずにそう答えた。司令室の大型スクリーンには手つかずの岩の高台がうつっている。危険そうには見えない。それでもハウリ人は失敗した。ヘクサメロンの信者が犠牲を恐れることはないと、アトランは確信していた。

「試みを中止します」《ナル》の声に警戒感がにじんだ。「岩の内部は空洞で、探知の結果、高エネルギー兵器と防御バリアの存在が判明しました」

「だったら、離脱するしかない！」

カプセルは圧倒的な推力で上昇し、数秒で大気圏上層部に到達した。そのまま宇宙空間に出る。送信機ステーションは惑星の湾曲の向こうに見えなくなった。

「撃墜されるところだったわ」イルナが冷静に指摘する。「ここでできることはもうない。船団にもどりましょう」

「聞こえたな、《ナル》」アトランはぐったりとシートに腰をおろした。「帰還コースだ。急ぐぞ」

〈すくなくともヒントはあった、アルコン人〉

〈どんな?〉アトランは付帯脳に問いかえした。

「もちろん、エスタルトゥの三角形のシンボルのことだ。どうやら集合の呼びかけは罠ではなく、行方不明の超越知性体によるもののようだ」

〈そうだといいが〉アトランの直感はなにかがおかしいと告げていた。

8 自死

　惑星コニグクのステーションのチーフは挨拶もなくかれらを送り出した。それはかまわない、とポステル・トル・ジアックは思った。かれ自身、ケル・ヴォク・ゼンガともう一度言葉を交わすことが重要だとは思っていなかったから。もうかれらだけだ。せまい司令室にいっしょにいるのは、その技能によってこの任務に選抜された七名の専門家だけだった。

「最初の超光速航行にうつります、艦長」

「わかった。コースは充分正確に設定してあるか？」

「もちろんです、艦長」その口調は反抗的とさえいえそうだった。

　このせまいなかで可能なら、ポステルは立ちあがって、問題の操縦士を平手打ちしていただろう。だが、空間にそんな余裕はなく、かれは鋭く叱責するだけですませるしかなかった。

「きみは状況の重要さがわかっていない。これはわれわれが慣れ親しんだ船ではなく、プロトタイプだ。わずかなミスが任務を危険におとしいれかねない……しかもこの場合、ミスをおかす要素はそこらじゅうに転がっている」

「もちろんです、艦長」こんどはかなり自信を失った口調だった。

ポステルは強いて気分をおちつかせ、急に湧きあがった身動きしたいという欲求をおさえこんだ。とにかくせまいのだ。司令室はカプセルといっていい大きさで、そこに制御装置や各種思考マシンが詰めこまれ、それを使ってジュアタフ船を操縦する。慎重に探知しても、かれらがハウリ人だと気づくことはできないだろう。ベングエル・ジュアタフ船団の中心まで進出し、アトランとペリー・ローダンという二名の異人が乗った艦を破壊するのだ。

それが〝炎の鏡〟の命令だった。

ポステルは通信用マイクロフォンを引きよせた。超光速航行に入る前に、自殺部隊の僚艦二隻とコンタクトする。

「三隻がいっしょに行動できず、ばらばらになる可能性がある。そこで調整を容易にするため、各艦に固有名をつけたい。われわれ、この任務で支配者ヘプタメルのために死ぬわけだから、艦名はヘクサメロンの書からとるべきだろう。わたしの艦は今後《アル＝ティモン》と呼ぶことにする。二番艦は《オムファル》、三番艦は《イハリ＝アトゥ》だ」

それ以上話す時間はなく、かれの艦は超光速航行に遷移した。二時間が経過……恐れていた不具合が発生した。短く大きな震動が《アル＝ティモン》を揺るがし、いくつかの装置が壊れる。

「なにがあった？」かれは叫んだ。

「まだ不明です」と、一操縦士。

そのあいだにも、最上位の技術者がコンピュータに問い合わせていた。

「予想外の事態です。われわれ、ハイパー嵐のなかを通過中です」

「どういうことだ？」ポステルはその情報を正しく評価できなかった。宙航士ならだれでもハイパー嵐のことは知っている。五次元ベースの装置類すべてに大きな負荷がかかり、設定したコースからはるか遠くに弾《はじ》きとばされることもある。だが、そんな危険があるのは性能の低い宇宙船だけだ。ハウリ人やジュアタフの船には関係ないはず。

「あらたな設計の弱点があらわになっています。バリアがまったく不完全です」

「艦長！」と、べつの乗員。「《オムファル》と通信途絶！」

司令室をふたたび震動が襲った。ほかの区画はどうなっているだろう？ コニグクの調査ドックは最終的にジュアタフ船をもとどおりに、つまりロボットの必要に合わせたかたちにもどしている。そのなかに七十名のハウリ人が乗りこんでいるのだ。ポステルはかれらがまだ生きていることを願った。

状況は緊迫している、とポステルは思った。遅れは許されない。船団と二名のイマーゴはすでに最後のハンガイ・クオーターに接近している……かれらを到着させるな、というのが命令だった。一方、偽装船三隻はいったん航行を中断しないと標的に到達できない。いや、二隻だ。ポステルはすぐに訂正した。《オムファル》は漂流中か、すでに破壊されてしまったはずだから。

後部三分の一のどこかからくぐもった爆発音が聞こえ、決断を後押しした。

「超光速航行中止！　通常空間にもどれ！」

《アル＝ティモン》は密集した星々のあいだに出現したが、《イハリ＝アトゥ》は遷移してこなかった。ポステルは内心でうめいた。戦力の三分の二を失い、かれらと再度コンタクトする方法もない。

〝宇宙はもっとも深い深淵の黒で満たされ、かたちあるものとかたちないものがちいさな空間にいっしょに押しこめられる。そこではこれまでに宇宙に存在したすべての物質とエネルギーがひとつになる〟

支配者ヘプタメルがかれらにもたらした一の日の歌はそういっている。かれ、ポステルが、消えた二隻のなにを心配することがある？　必要なら《アル＝ティモン》一隻でなんとかするだけのこと。心配なのは遅れることだけだった。ペリー・ローダンとアトランという異人が死ぬのは、早ければ早いほどいい。

ハイパー嵐は通常空間ならなんの影響もない。ポステルは修理を急ぐよう命じ、損傷状態を報告させた。できれば司令室を出て視察したいが……かれらはそこに閉じこめられていた。

「二時間後に再スタートする」と、かれは宣言した。

＊

八名のハウリ人は狭苦しい司令室から出られない。ほかの七十名は、二時間以内に問題なく航行できるようにするために全力をつくした。それでも刻限がきたとき、修理はまだ九十パーセントしか完了していなかった。その状態で超光速航行にうつっていいものか、ポステルは真剣に悩んだ。ハイパー嵐は弱まりはじめたところだ。すくなくとも《アル＝ティモン》の装置はそういっている。

ほかに方法はあるか？

これ以上待てば、任務を完遂する最後のチャンスも失われてしまう。〝炎の鏡〟から、ひいてはアフ＝メテムからあたえられた任務だ。二百七十八名のハウリ人が死なずにすむなら……いや！　その点に議論はない。かれらの命は支配者ヘプタメルにあたえられたものにすぎない。どう使われてもかまわない。重要なのはそれを賢く使うことだ。そうすれば死後、シャムウの地に受け入れられるから。

ポステルはリスクを冒そうと決めた。

「スタートする！　船にどれだけ損傷があろうと、考慮するにはおよばない。コースを計算しろ」

コンピュータは数秒で計算を終え、操縦士が《アル＝ティモン》をリニア空間に遷移させた。最初はすべての機器が正常に作動し、問題なく航行しているようだった。だが、しょせんは異なる技術を無理に融合させた機体だ。ハウリ人の技術とジュアタフの技術を継ぎ接ぎした結果は、かんばしいものではなかった。

またしても震動が船体を襲った。警報がポステルを不安にするが、最初のときほどひどい揺れではない。超光速としてはかなり低速で三時間航行して嵐の領域を通過すると、短時間だけ通常空間にもどった。《アル＝ティモン》が出現したのは計算したポジションから数光年の位置だった。

両イマーゴとともにハンガイ銀河に向かう船団の近くには〝炎の鏡〟のスパイ船が配置されている。そこから暗号化されたデータがとどいた。船団はまだ最後のクオーターの境界まで八千光年のポジションにいるらしい。それなら充分だ！　多少の運があれば任務ははたせるはず。

「あらたなコースを計算しろ！　標的に接近するため、正確な機動が必要だ」

計算はまた数秒で終わり、船は加速して光速の四分の三に到達した。遷移機動がはじまる直前、探知機が近くにハイパー空間から遷移してくる物体を探知する。《オムファル》だった。《オムファル》の艦長から、ハイパー嵐の領域を通過し、機能しているのはやはり九十パーセント程度との報告が入る。ポステルは光明を見いだした……これでまた二隻だ。

両艦の操縦士はコースのデータを共有した。

「最後の超光速航行だ」

その後八時間の航行中、ポステルは懸命に自分をおさえることになった。ハウリ人にはほとんど見られない、そのためだれも予想していなかった現象に見舞われたのだ。手足を思いきり動かしたいという、逆らいがたい欲求が高まる。だが、せまい司令室でそれは不可能だった。ときには四方の壁が迫ってくるような錯覚にさえ襲われる。

閉所恐怖症だ。司令室に閉じこめられている操縦士や技術者がその状態に気づいたら、すぐさまかれを解任するだろう。ポステルとしてはおさえこむしかなかった。ほかの者では任務をまっとうできない。

「あと数分で通常空間に遷移します」一操縦士が報告する。

ポステルは覚悟を決めた。備品庫からポナアをとり出し、すこし乾燥したウルヒイトゥも最後に口にして、スクリーンに目を凝らす。

「遷移！」

ようやくだ。《アル＝ティモン》は超光速航行を終え、マグフルウ・マグハア銀河、異人のいうハンガイ銀河のハローから八千光年の位置に実体化した。探知機がすぐ近くに大船団の存在を探知する。その表示から、ナコード・アズ・クールをスタートしたあと、わずかに数が増えているのがわかった。ジュアタフの有翼船が十万隻、ベングエルの小型船が五万隻、複合船は三十隻を数え、最小のもので一万隻、最大のものは十万隻が融合していた。たいした数だ。ハウリ人はそう思い、ほっとした。これなら目立つことはないだろう。

「歓迎プログラミングを開始しろ」と、指示する。

かれの横にいる一技術者がセンサー・キイに触れると、指令カプセルのシントロニクスが用意されたメッセージを送信した。あらゆる〝同類〟と同じようにイマーゴに挨拶し、接近する許可をもとめる。ほかのジュアタフには二隻が長らく不在にしていたことを知らせた。《アル＝ティモン》と《オムファル》が長いあいだコニグクに抑留されていたことを忘れるわけにはいかない。

ここが最初の難関だった。ほかのジュアタフがこの話に納得しなかったら？　だが、すべて計画どおり、かれらが何年も消息不明だった理由を問いただす者はいなかった。

一方、ふたつのことがほぼ同時に起きた。

船団からそう遠くないところに、ハイパー空間から《イハリ＝アトゥ》が出現したのだ。ポステルはすぐさま指向性ビームで三番艦に指示を送るよう命じた。だれにも疑われないように合流しなくてはならない。ハウリ人は内心、すでに勝利を確信していた。三隻すべてがやってのけて、幸運な偶然で、ついに再会できたのだ。

かれは片手を振ってよろこびを司令室要員と分かち合った。

「しずかに。任務のことを考えるのだ」ポステルが釘を刺す。

司令室内がしずかになったとき、一技術者が報告した。

「艦長、通信が入っています」

「わたしのスクリーンに出せ」

ポステルはハウリ人の言語に翻訳された通信内容を読もうと、スクリーンに目を向けた。ひと目で驚きと怒りに四肢がこわばる。内容はコースの指示で、かれらは船団のはずれに配備されていた。

「どういうことですか、艦長？」

「われわれ、指定された位置に向かうしかないということ。指示にしたがわないジュアタフ船は存在しないので、これを無視したらひどく目立ってしまう。最悪の場合……目をつけられて監視され、ふたりの異人を始末するチャンスはなくなってしまうだろう」

「ですが、それでは間に合いません」べつの部下が指摘した。「標的がハローに到達する前に殺せというのが〝鏡〟の命令です」

「わかっている」ポステルの声は氷のように冷たかった。せまい司令室内では部下をにらみつけることもできない。「だが、力ずくで突破しようとしても意味はない。意図が見抜かれたとたん、すぐさま撃墜されてしまうから。現在、異人がどの艦に乗っているのかもわからない」

「だったら、どうするんです？」

ポステルはなんとも答えない。こんなのは不当だと思った……時間もたりず、装置も故障するなかここまでやってきたというのに、コースの指示などというつまらない理由で失敗しようとしている。心のなかで女神ギルラトゥと支配者ヘプタメルに助力を祈るが、役にはたたなかった。現実の障害に目をつぶることはできない。計画を本来のまま遂行することはもうできないが、べつのやり方があるはず。

かれはすぐさま、べつの計画の概要を思いついた。

「よく聞け。《オムファル》と《イハリ＝アトゥ》にも指向性ビームで伝えておけ。われわれ、現状でできるだけのことをする。命令をそのまま実行することはできなくなったが、可能なかぎり同じ結果が得られるようにするのだ」

その後数時間かけて可能性を計算し、細部に手をくわえる。

「すべきことはわかっているな」ポステルがいった。「だれのために死ぬのかを忘れるな。われわれ、ヘクサメロンの書から五の日の歌をうたう」全員が陶酔し、ポステルは久しぶりに、せまい場所に閉じこめられた息苦しさから解放されるのを感じた。

〝賢者は星々の上空の輝きによって五の日のはじまりを知る。その色は灌木ドゥラアムの花のようで、まだ生きているわずかな者たちには、まるで炎の女神ギルラトゥが、死の憎しみをもって罪あるかれらを罰したかに見えるだろう。空は輝き、土地は枯れ、どんな生命も、もはやわれわれが知るあり方で生きることはできないから。

だが、これはギルラトゥの怒りではなく、完成を前にして起こるべきことの前触れである。信心者たちは白熱の炎に負けない力を持った存在があらたに生まれ出るための種を蒔《ま》くことになる。だが、そのとき、信心者たちもまた自身の遺産がよく守られているのを確信しながら死んでいき……〟

ポステルは空白のスクリーンに自分の骸骨じみた頭部がうつっているのを眺めた。窪んだ眼窩《がんか》のまわりにグレイがかったたるんだ皮膚が見える。目は恍惚《こうこつ》と輝き、かれはこれこそ死の眺めだと感じた。あと数時間だ。船団は最後の超光速航行でマグフルウ・マグハア銀河のハローに突入する。集合の呼びかけによって多少遅れるのも、たいした意味はない……死ぬのが数日遅れることはうれしくもなんともなかった。

退屈のあまり、ポステルは白昼夢に耽った。一修道士として神官山ジアックの尾根に立ち、山の麓まで崖を滑落するのを防ぐものは、砂漠から吹きつける身を切るような風だけだったあの日。

ほとんど裸で顔に風を受けるのはいい気分だった。

＊

「そろそろだな」

あと数分でかれらは船団ごとハローのなかに入る。アフ＝メテムの計画ではもちろん手遅れということになるが、待つことですくなくとも任務の一部は達成できるはず。重要なスイッチはシートの前の制御盤で操作できるよう、しばらく前に設定してある。触れるだけで三隻が同時に砲撃を開始し、念のため、敵を攪乱《かくらん》するさまざまなメッセージも発信する手筈だ。最終段階はかれら自身の自爆だった。〝最後の六日間〟の教義に敵対する者を、ヘクサメロンの信者との戦いで優位に立たせることはできない。《アル＝ティモン》からのキイ操作で《オムファル》と《イハリ＝アトゥ》も同時に爆発する。これもまた、キイをひとつ押すだけのこと。

悪くない最期だ。ポステルは動揺することなくそう思った。これで確実にシャムウの地に受け入れられるだろう。

「遷移！」最上位の操縦士が報告した。

予告もないまま、通常空間に復帰する。周囲はもう銀河間の空漠とした虚空ではなく、ちいさな星団があふれる星の海だった。

「計画どおりにいっているか？」ポステルが確認する。

コンピュータが瞬時に船団内でのかれらの位置を計算した。長時間のリニア航行で〝たまたま〟位置がずれ、異人の調査団の近くに出現したはず。残念ながら標的はまだ射程外だが、数回の機動で接近できるだろう。

「艦長、あらたにコースの指示がきています」

最初のときと同じく、ポステルはスクリーンに表示されたデータに目を向けた。広範囲にわたって距離をとるよう指示が出ているだけで、《アル＝ティモン》自体はすこしずつ標的に接近しているのがわかり、満足する。すべて偶然に見えるはず。かれらの正体に疑いを持たれる理由はない。

数時間後、《シマロン》という船からあらたな指示があった。ベングエルとジュアタフの勢いに押され、集合の呼びかけにしたがうことになったのだ。次の超光速航行で向かうのは未知星系で、憎いカルタン人の星図にはダオ＝バンという名称で登録されている。距離は二百八十光年だった。

アトランとペリー・ローダンはそこで死ぬことになる。ハウリ人はそう確信し、はじめて狩猟熱に浮かされるのを感じた。期待をこめて制御盤を見つめる。そこのキイを押せば計画は、すくなくともその残余の一部は実行されるのだ。

「再加速します」と、一操縦士。

ポステルは自分の目で確認した。数分後、巨大なエンジンが《アル＝ティモン》をふくむ宇宙船群を超光速航行に遷移させた。

＊

一部下に起こされて、ポステルは深い眠りから目ざめた。すぐに個人用スクリーンで状況を確認する。五分後には目的ポジションに到着し、どの程度正確に航行できたか判明するはず。もちろん《アル＝ティモン》にも船団を表示する探知スクリーンは存在するが、リニア空間での探知は当てにならない。それにたよろうと思う者はいなかった。ハウリ人やほかの異人のような下位生命体に、リニア空間は理解できないのだ。

「あと一分です」と、ポステルの横にすわった操縦士。

通常空間に復帰した直後、司令室のシントロニクスが周囲の通信を分析する。それで異人ふたりの居場所がわかるはず。アトランかペリー・ローダンと話をしたがるベングエルはつねにいるから。ハウリ人とちがい、ベングエルはイマーゴの存在を感じとることができる。かれらの行動は充分な手がかりになった。

「あと十秒です、艦長……あと五秒……遷移！」

探知映像が安定すると、ポステルは歓声をあげそうになった。まさに予定どおり、銀河系船団からわずか十万キロメートルのポジションだ。周囲は混乱していて、かれらのあらたなポジションを疑う者はいない。

すぐに通信の分析がはじまった。最初のうちは成果があがらなかった。その多くがベングエルからの通信で、ほとんど意味がなかったから。だが、すぐにスクリーン上に計算結果が表示された。ペリー・ローダンとアトランは《シマロン》というトリマランに乗っている可能性がいちばん高い。理屈にも合っているとポステルは思った。たいていの場合、船団全体に対するコースの指示も《シマロン》から出ていたから。

「まだ射程内に入っていないのか？」

「いつでも撃てます、艦長」一技術者がうやうやしく答える。「ただ、もうすこし近づいたほうが確実です。そうすれば初弾を直撃させ、自爆装置に点火する前に、もう何発か弾着させられるでしょう」

ポステルはわずかに躊躇《ちゅうちょ》したが、すぐに心を決めた。

「もうしばらく待って、あらたなコースの指示がとどいたら、全体の動きに紛れて接近する」

「たぶんその必要はありません」と、いま話をした技術者。ポステルはかれの名前さえ知らなかった。「《アル＝ティモン》と同じく、《オムファル》と《イハリ＝アトゥ》も標的のほうに漂流しています。半時間もすれば、エンジンを作動させなくても《シマロン》が射程に入ります」

「あとで決める」と、ポステル。

数分後、あらたな指示がとどいた。かれは神官山ジアックで若い修道士時代に学んだとおり、自分をおだやかな恍惚状態に置いた。思いを支配者ヘプタメルに集中する。ヘクサメロンの信者にとって、もっとも重要な信仰の象徴だ……ヘプタメルの位階は炎の侯爵アフ＝メテムより上位になる。

〝神々の息子にしてエシュラア・マグハアスの支配者であるヘプタメルはかく語り、無知な者たちに教えを垂れる。

六の日ははじまりの終わりである。六の日のはじまりを知らせる印は、賢者たちが解釈できる。炎の女神ギルラトゥが顔をあげ、熱がひろがる。星々の上空は彼女の力を知らしめるため、オムファルの花のような輝きを放つだろう……〟

これだけがかれらの生きる目的だ。かれらは六の日をできるかぎりすみやかに終焉に導く手助けをする。ポステルは支配者ヘプタメルや女神ギルラトゥの明確なイメージを持っているわけではなかったが、女神の力はどこにいても、どす赤い輝きとしてつねに認識できた。

〝うめき声が宇宙に響く。痛みは完成にいたる道だから。英知の小径を軽んじる不信心者からは悲鳴があがるだろう。種族は死に絶え、星々は消え去る……〟

「艦長！　問題が起きました！」

〝これは浄化だ。六の日を生きのびられるのは、ヘクサメロンの書の真理を信じる心を持つ者だけだから。動物も植物も死ぬものの、それは支配者ヘプタメルの神官が不浄と名指しした場合だけだ〟

「艦長！」

　ポステルははっとして、われに返った。声を出して歌っていて、話しかけることもできなくなっていたのだ。

「なにがあった？」

「超光速エンジンが故障しました。機関室で点検していますが、次にリニア空間に遷移しようとしたら、エンジンは停止してしまうでしょう」

「素材の問題なのか？」

「わかりません」技術者はまるで自分がミスをおかしたかのように、シートのなかで縮みあがっていた。「《オムファル》と《イハリ＝アトゥ》にも点検するよう伝えてあります。それではっきりするでしょう」

「なんのためにだ？　もう超光速航行は必要ない。最適な射撃ポジションまで、あとどれくらいかかる？」

「五分です、艦長」

　内心の空虚さを感じながら、かれは制御盤に目を向けた。そこから決定的な攻撃がはじまるのだ。その横にはいまのところ必要ない、攪乱用に準備したさまざまなメッセージを送信する接触センサーと、自爆キイがある。決定的瞬間がくればこの制御盤から三隻を爆破する……失敗は許されない。

ポステルは空虚さを早急に埋める必要を感じた。惑星コニグクでケル・ヴォク・ゼンガから受けた命令はなんだった？　歌いながら死ね、だ。ハウリ人は歓喜のなかで死に赴く。マグフルウ・マグハアの諸種族がいうとおりだ。

「ほかの二隻とコンタクトしろ！　全員がわたしの歌を聞き、ともに歌ってもらいたい」

指向性ビームがすぐに送出され、計算された砲撃ポジションに自動的に漂っていくあいだに、ポステルは二の日の歌と一の日の歌から適切な部分を選び出した。うれしそうな声でハミングをはじめる。技術者と操縦士の司令室要員七名がそれにくわわり、《アル＝ティモン》のほかの部署とあとの二隻からも歌声があがった。

〝二の日には星も地もなくなり、かたちあるものはすべて、とてつもない濃霧と燃え盛る炎のなかでひとつになる。完成のプロセスを加速するため、女神ギルラトゥが全力を発揮するから。

宇宙の境界同士が接近し、その境界内に鉱物アル＝ティモンの色をした、耐えがたいほどまばゆい光が生じる〟

ここからこの艦の名前をとったのだったな、とポステルは思った。いい言葉だ。自身の死という厳粛な瞬間にふさわしい。緩慢で明晰な、正しい信仰にしたがった死だ。

〝こうして二の日は近づく完成を確実にしながら終わり……〟

突然、ハウリ人の歌にあらたな要素がくわわった。ポステルにはそれがなんなのかわからなかったが、歌の力がはっきりと強まるのを感じた。強力な説得力がある。そう、種族の者がこんなふうに歌うのは聞いたことがなかった。

あと二分……一の日の歌にうつる。

〝宇宙はつねに変化しつづけ宇宙はつねに変化しつづけるかたちあるものとかたちないものでいっぱいになるが、支配者へプタメルの目でさえ、もうなにもとらえることはできない。一の日の宇宙のなりゆきは、もはや半神の知覚でも認識できない領域にあるから〟

あと一分。ふたりの異人はあと一分の命だ。《オムファァル》と《アル＝ティモン》と《イハリ＝アトゥ》の武器が火を噴き、《シマロン》という無防備な宇宙船を塵《ちり》の雲に変える。もちろん、アフ＝メテムの計画からすれば手遅れだ。アトランとペリー・ローダンはハンガイ銀河のハロー到着前に死ななくてはならなかったのだから。それでも、できるかぎりのことはする。

〝宇宙はもっとも深い深淵の黒で満たされ、かたちあるものとかたちないものがちいさな空間にいっしょに押しこめられる。そこではこれまでに宇宙に存在したすべての物質とエネルギーがひとつになる〟

いまやポステルは謎の力強さをからだのすみずみにまで感じていた。それはかれを満たし、まるで両腕を膨《ふく》れあがらせて、ぐったりとシートの肘かけに沈みこませるかのようだ。だが、かれはいまのところ懸命に自制している。

あと数秒……目の前で、かれが押すべきキイが色鮮やかな染みになる。

「艦長」歌の合間にささやきが聞こえた。「三隻を完全に相互接続しました。艦長の制御盤ですべての機能が使えます」

〝シャムウの地の神々は「もう充分だ！」と、いうだろう。一の日はちいさな空間に押しこめられた原初の力の震えとともに終わりを迎える。一の日のあとにはあらたなはじまりが生じ、原初の力がちいさな宇宙の境界を押しひろげていく。新しい宇宙が生まれ……〟

「いまだ！」叫ぶ声が聞こえ、同時にそれが自分の声だと気づく。「撃て！」だが、歌の力は強まりつづけ、腕をあげて燃えるような指先でキイに触れてもおさまらなかった。

どうしてこんなことが？

《シマロン》はまだ防御バリアにつつまれていない。ペリー・ローダンとアトランには、なにが起きたのかもわからないだろう。ポステルは指先に力をこめた。

9　ハンガイ

アトランとバス＝テトのイルナをふたりきりで行かせたのが、レジナルド・ブルにはまったく気にいらなかった。故郷銀河の暦で四四八年二月十七日、ふたりがスタートしてから三時間が経過している。超高周波インパルスによる〝集合の呼びかけ〟は結局だれにも解読できず、ただベングエルとジュアタフは、なんとしても呼びかけに応じなければならないと考えている。ロボットと猿に似た種族が説得に応じた唯一の理由は、ペリー・ローダンが近くにいたからだ。

《ナル》と《レダ》は送信者の位置を特定していた。それによると、呼びかけは最後のハンガイ・クオーターのはるか内側、ハローより八万三千光年のポジションから発信されている。アトランのドリフェル・カプセルなら、あるいは《シマロン》などの高速船でも一日で着ける距離だが、そこがどんな場所なのかはわからない。ハンガイ銀河はかれらにとってほとんど未知なのだ。カルタン人の星図も限定的な役にしかたたない。

《ナル》が問題なく目的ポジションに到達したら、送信者はどう出るだろう？　強大な監視艦隊やかくされた防御システムが存在し、すでに多くの訪問者が犠牲になっているのではないか？　ブルはそんな事態になった過去のケースをいくつか想起した。ただ、アトランとイルナがなにも見つけられない可能性もあり……その場合、かれらは二日間をむだにして、なんの成果も得られないことになる。

「待つしかないな」と、かれはひとりごちた。

近くのシートにすわって、たぶんいつものように古いアフリカの格言を温めていたラランド・ミシュコムがそれを聞きとがめた。

「なにを待つんです？」

「アトランとバス＝テトのイルナだ。それ以外、なにも起きないといいんだが。このところ驚かされることが多すぎる」そういって、横目で不機嫌そうに彼女を見る。美人なのだが、外見に気を使わないし、体重もすこし落としたほうがよさそうだ。とはいえ、数百年にわたってだれからも〝でぶ〟と呼ばれてきたかれに、いえた義理ではない。

座標問題をラランドと《シマロン》船長のイアン・ロングウィンにまかせて自分のキャビンにもどろうとしたブルは、直前で心変わりした。基本的に疲れてはいない。細胞活性装置保持者は睡眠もごく短時間で充分だから。すぐに心を決め、ブルは観測キャビンで心地よくすごすことにした。内側からドアを施錠し、なにもない虚無空間のホログラムを周囲に展開し、遠くからハンガイ銀河を望む。

かれらの旅の終着点はほかにも似たようなものが何百万とある、ごくふつうの島宇宙に見えた。だが、その銀河がふつうではないとブルは知っている……五万年ほど前、カルタン人とカンサハリヤが、故郷銀河を死に行く宇宙タルカンから転移させる計画を立てた。その最後の仕あげが迫っている。ハンガイ銀河の四分の三はすでにメエコラー宇宙に転移している。ブルの故郷宇宙だ。最後にのこった四分の一も、二月二十八日にそのあとを追うことになっていた。あと十一日……それ以外に銀河系船団が故郷に帰る方法はない。ベクトリング可能グリゴロフにたよりたいと思う者はいないだろう。

アフ＝メテムと支配者ヘプタメルはどうなる？　かれが噂話やほのめかしでしか知らないあの二名は、どういうことになるのだ？　あれらがなにかしてくるのか？　敵を過小評価する危険性を熟知している。不穏な雰囲気だった。

ブルは一時間以上、星団や星雲のホログラムにかこまれてすごした。光がこの位置にとどくまで八千年かかる。ハンガイ銀河が消えるのがここで実際に見えるようになるのは八千年後ということ。感覚的にはひどく不自然に思える。人間にできる決断ではない。

退屈しているにもかかわらず、ブルは夜の時間帯を眠ってすごした。翌日はまた組織化作業に忙殺され、その翌朝、アトランとバス＝テトのイルナが無事に帰還した。

＊

「数千光年を退屈せずに移動できたなら、けっこうなことです」ブルは皮肉な笑みを浮かべながら、ふたりとともに司令室に入った。

「まったくだ、ブリー」アトランも同じような皮肉な笑みを浮かべる。「知ってのとおり、われわれは……」

「無欲で慎み深い、ですか？　調査航行でなにがわかったんです？　このまま進んでも危険はないんですか？」

「われわれの意見では、危険はない」アルコン人はブルに背を向けた。その顔には楽観と疑念が入り混じった表情が浮かんでいた。「ここでぜんぶ話しても二度手間になるだけだ、ブリー。ほかの者たちを集めてもらいたい。それでいいな？」

「また会議ですか」ブルは嘆息した。「お望みのままに。一時間後に集まるよう伝えます。そのあいだにキャビンの配置を確認しておいてください」

　アトランとアコン人のそばをはなれ、イアン・ロングウィンの隣りのシートに腰をおろす。そこから会議に参加すべき面々に連絡すると、数名は銀河系船団のべつの船にいた。ジュリアン・ティフラーとラトバー・トスタンは《ツナミ＝コルドバ》、ローダンは自分のドリフェル・カプセルだ。オファラーのサラアム・シインだけは休息が必要だといって不参加を申し出たが、ブルは深く追及しなかった。相手の異星的なメンタリティは理解できないから。

時間どおり会議室に到着。数分もすると、声をかけた全員が顔をそろえた。グッキーをはじめとするミュータントもいる。

「では、はじめよう。イルナとアトラン、どっちが話します？」

「ここからはわたしが引き継ごう」アトランがすぐに話しだした。「早く議論を進められるよう、手短かに説明する。発信源はカルタン人がダオ＝バンと呼ぶ星系で……」

ブルは興味深く報告に耳をかたむけた。ハウリ人の監視基地の話が出たときははっとしたが、惑星タンバウのことを考えれば説明がつく。そのあとふたりはエスタルトゥの三角形のシンボルがあるハッチを発見し、アルコン人がハッチに近づきすぎて、ステーションの防御機構が作動したという。

「それでこうしてもどってきたわけだ」アトランが短い説明を締めくくった。「ほかに話すことはない」

「のこる問題はひとつだけ、この事実をどう解釈するかです」かれの横にいるアコン人の美女がいった。ブルはこの機会にじっくりと彼女を眺めた。非の打ちどころのない美しさだ。「わたしの考えでは、エスタルトゥのシンボルは充分な手がかりになります。すでに転移したハンガイ・クオーターにも、同じような施設がひとつ以上存在するとわかっています。ですから、ここはリスクがあっても、集合の呼びかけに応じることを熱望しているベングエルとジュアタフに、好きなようにさせてみるべきでしょう。危険なことになるかもしれませんが」

ブルもふくめた全員がしばらく黙りこんだ。だれひとり、どう判断すればいいのかわからなかったから。

最初に口を開いたのは、ドラッグ中毒から脱して骸骨のような顔になった元銀河ギャンブラー、ラトバー・トスタンだった。

「わたしの考えでは、惑星ジトラは巨大な罠だ！　まともな手がかりはエスタルトゥのシンボルだけで、この状況ではどうしてもヘクサメロンのにおいを感じてしまう。おとなしくしていた期間が長すぎる。なにかがおかしい。集合の呼びかけは無視すべきだ」

トスタンの懸念は賛同を得られなかったが、ブルはその話に不安をおぼえた……かれ自身、同じ懸念を感じていたから。ダオ＝バン星系をくわしく調査する時間はほとんどなかったのだ。だが、決定はすでに下された。

「加速することになった」と、会議に参加していない、司令室のイアン・ロングウィンに伝える。「船団の全艦船にあらたなコースを指示しろ。ベングエルとジュアタフはよろこぶだろう。また、これで最終的にハンガイ銀河に到着することになる」

四四八年二月二十日、船団はハンガイ銀河のハローで通常空間に復帰した。ふたたび星々が周囲にあらわれると、ジュアタフとベングエルの進行速度が奇妙なほどあがった。ブルはそのことを大いによろこんだ。かれらはまっすぐジトラに向かっている。二月二十五日、目的地までは超光速航行一回……二百八十光年をのこすのみとなった。トスタンの予想ははずれたようだ。

《シマロン》の司令室要員は新コースの指示で大忙しだった。そのとき、まったくの偶然で、近くにいる三隻のジュアタフ船の探知映像がブルの注意を引いた。

ちょうどそこへ、数日前から《シマロン》にいるアトランとペリー・ローダンが入ってきた。

「ああ、ふたりとも！　これを見てください！　この三隻ですが……」

10 歌手

サラアム・シインはここ数日、ほぼずっと《ハーモニー》のプロジェクター・ボウルにこもっていた。ハンガイ銀河に向かう船団が通常空間にいるあいだ、かれは遠く不明瞭な銀河群と、この宇宙の崩壊を告げるどす赤い光を見つめつづけた。超光速航行中はプロジェクターで藪にかこまれた光景をうつし出し、その幻影に没入した。あらたな才能を発掘しようと、オファラーの星間帝国の一惑星を訪れたりもした。《ハーモニー》に惑星マルダカアンの大闘技場を投影させることもあった。その中央に同種族数十万名にかこまれて立ち、永遠の戦士イジャルコルを讃《たた》える歌をうたう。

すべてただの気晴らしだ。

サラアム・シインはつねに自身の内奥に耳を澄まし、前に聞いた遠くからの奇妙な歌声がまた聞こえないか、確認しつづけた。何度やっても聞こえない……かれにとって、この旅ではほとんどなにも起きていなかった。ときおりカルタン人のゲ・リアング＝プオと話をした。彼女はパラ露がなくてもプシ能力を使うことができる。テレパシーとテレ暗示能力を。

「たぶん力になれると思う」ゲ・リアングがいった。「その歌を認識できない原因は、あなたの無意識で説明できるはず。前にも聞いているのだから、あなたのような名歌手が忘れるはずがない」

サラアム・シインは視覚房をいくつかカルタン人のほうに向けた。

「感謝する、ゲ・リアング！　だが、テレパス二名にすでにためしてもらって、成果はなかった。わたしが音楽で考えるため、思考が理解できなかったのだ」

「わたしはかれらよりも、あなたをよく知っている」

名歌手は環状発話膜で頑固な和音を鳴らした。

「それは不可能……」

「ためすだけためしてみたい」カルタン人が反論を許さない、だがおだやかな口調でいう。

彼女は名歌手の触手を握り、わずかに抵抗するような動きを無視して、精神をコンタクトさせた。サラアム・シインはゲ・リアングの存在を感じた。思考は似ているが、はっきりと別物だ。彼女の思考には音楽がない。またしても自分のせいで、カルタン人の試みも失敗する……かれの精神が頑迷に、あらたな体験を拒否しているから。

「突破することは可能だ、サラアム・シイン。ただ、あなたは本心からそれを望んでいない」

「すまない」かれの声が急に単調になった。プシオン成分のない、ただの悲しげな笛の音だ。「きみのいうとおりだ、ゲ・リアング。これにはわたし自身が対処するしかない」

カルタン人はハッチを通って《ハーモニー》の奥に姿を消した。サラアム・シインは、なぜ自分はこんなに落ちこんでいるのかと自問した。たったいま、また失敗したことだけが原因なのか？　それとも、自分のもとにとどいた歌を認識できないから？

結局、かれはとりあえず、歌うテラナーのベネカー・ヴリングと出会った謎を解明することにした。それが不安の原因のひとつであることはまちがいないと、突然に悟ったから。

《カルミナ》で友のアルコン人アトランと出会い、かれはことさら悲しげなメロディで事情を説明した。

「どう思う？　この人間を知っているか？」

オファラーもそれなりに異人の顔の表情がわかるようになっている。アトランは一瞬、なにもいいたくないという顔をして、そのあとこう答えた。

「その男なら知っている。ベネカー・ヴリングは人間ではなく、われわれの超越知性体〝それ〟の使者だ。タルカン宇宙で銀河系船団を支援している。かれが自分の感覚にしたがえといったなら、そうすべきだ。力になれることはあるか、サラアム・シイン？」

「いや、ない。不可能だ」

「だとすると、自力でなんとかするしかない。ベネカー・ヴリングの言葉を無視するという選択はありえない。かれがそれを歌で伝えたことを考えると……」アトランはいかにも人間的なしぐさでかぶりを振った。「この師にしてこの弟子ありだな。〝それ〟も特異なユーモア感覚の持ち主だ」

　サラアム・シインもそのことを確信し、不安の大きな部分が解消した。その後数日、かれは《ハーモニー》で船団のあちこちを飛びまわった……やはり成果はなかったが。ベネカー・ヴリングの強烈な歌はつねにかれのなかにあり、あきらめることはできなかった。船内にいる十二名のカルタン人はすでに薄笑いを浮かべていた。

　そんななか、船団は恒星ダオ＝バンから二百八十光年のポジションで通常空間に復帰した。その直後、かれはふたたび歌を感じた。

「ゲ・リアング！」甲高い和音をボウルの受音器がとらえ、《ハーモニー》内部に転送した。「いますぐきみが必要だ！」

＊

　サラアム・シインにカルタン人の姿は見えなかったが、近づいてくる足音は聞こえた。

「きたぞ、名歌手」

彼女がいた場所からプロジェクター・ボウルまで、数時間かかったのではないかと思えた。その間ずっと、腹立たしいほど遠くから、一週間ほど前にはじめて気づいた歌が聞こえていた。まただ。その無愛想な、ほとんど突き放すようなメロディの出所《しゅっしょ》はわからない。正確には〝メロディ〟という表現も当たらなかった。かれほど音楽的な才能に恵まれていない種族が聞いたら、とても歌には聞こえないだろう。

「また聞こえたのだ、ゲ・リアング」と、ほとんどプシオン成分をこめずに告げる。

「手を貸してもらいたい」

「前回のように抵抗するなら、意味がない」カルタン人の口調はきびしく、サラアム・シインは彼女がわざとそうすることで、かれを激励していると感じた。

「たぶんこんどはだいじょうぶだ」

その瞬間、名歌手はなにがメロディを歌にしているのかを理解した。音ではない。音の連なりは、奇妙だが認識できる音階にしたがっている。むしろこの〝歌手〟はメロディとプシオン力を混合させている。かれ自身と同じように。それはかれにおだやかなショックをあたえた。エスタルトゥに住む一部の種族がじつはタルカン宇宙からきたことはわかっている。オファラーもそうなのではないか？　この相手は、ひろい意味でかれの同族なのでは？

いや、そんなはずはない。かれははげしく否定した。聞こえた歌はまったくオファラー的ではなかった。美しくもなければ、なんらかのプシオン効果があるわけでもない。訓練された歌手の暗示成分が存在すれば、すくなくともその手がかりくらいは感じとれるはず。

「わたしのなかのなにかが閉じてしまう……」かれは不機嫌にハミングした。「シュプールを追おうとすると、かならずそうなる」

「それでは意味がない」カルタン人が決然という。その声になにかを感じ、オファラーは視線をあげた。「何時間もそうしてすわっているが、サラアム・シイン、あなたはまだなにも見つけていない」

かれがなにも反論しないうちに、ゲ・リアングはかれの触手をつかんだ。そのまま放そうとしない。もちろん抵抗はできるが……肉体的な力はカルタン人のほうがはるかに強い。言葉で反論するだけの強さも、いまはもうなかった。

「ここからは協同作業だ。そのためにわたしを呼んだんだろう?」

彼女がすぐそばにいるのを感じる。パラ露がなくても強力なテレパスだ。彼女の種族の、生まれながらのエスパーだから。頭のなかに音楽があふれ、かれは思わずシオム・ソム銀河の〝紋章の門の歌〟を声に出さずにハミングしていた。複雑な歌が行く手をはばんでいる。

　だが、だめだ。いったいなにをしている？　サラアム・シインは自分がもっと先まで進めることをよく知っていた。遠くから聞こえる歌はまったく近づいていない。かれの行動は使者ベネカー・ヴリングの意に沿っていなかった。ゲ・リアングの接触を受け入れなくては。心のなかのオーケストラの合唱と独唱を徐々に遠ざけ、カルタン人をはっきり感じられるよう、心を開く。

〈これでわたしはあなたといっしょだ、サラアム・シイン〉

　彼女が話しかけてきている、と名歌手は思った。

〈これが可能なのはあなたがわたしと同じく、強力なプシオン潜在力を有しているからだ。そして、それだけではたりない……あなたの精神はコミュニケーションに適している。あとのことは肉体の接触で補える〉

　直截《ちょくせつ》的な、非音楽的な思考がかれを苦しめたが、かれはよろこんでしばらくそれに耐えた。オファラーは全力で歌に集中した。そうしないと、すぐに意識の端から滑り落ちそうになるから。距離にとまどっているのかもしれないし、慣れない構成のせいかもしれない。かれにもどちらなのかわからなかった。ゲ・リアングの存在もほとんど助けにならない。

〈わたしは目立たないように手を貸している、名歌手。いま、あなたのなにが問題なのかわかった。無意識に障壁を設けているのだ。なにか絶対に許容できないことがあり、

あなた自身は気づいていないが、決定的瞬間にそれがじゃまをしている。その障壁を排除しよう〉

サラアム・シインはどこか頭部の器官房の下あたりに刺すような衝撃を感じた。視覚房をぼんやりとカルタン人のほうに向けると、彼女は身をこわばらせてうずくまり、くぐもったうめき声をあげていた。なにかが変わったようだ、実際……

歌がさっきよりずっと身近なものに感じられる。プシオン的な内容が明瞭になり、サラアム・シインは本能的に忌避《きひ》しようとしたが、それは突如としてそこに出現していた。ハウリ人だ。すくなくとも二百名のハウリ人がヘクサメロンの書の歌をうたい、その殺人的な強さの前に、オファラーは意識を失いそうになった。

〈かれらは死のうとしている。感じるか？〉

それはかれにもわかった。狂信者の思いに理性を失いそうになり、そこから意識を引き剝がして、歌にだけ注意を集中する。

〝二の日には星も地もなくなり、かたちあるものはすべて、とてつもない濃霧と燃え盛る炎のなかでひとつになる。完成のプロセスを加速するため、女神ギルラトゥが全力を発揮するから。

宇宙の境界同士が接近し、その境界内に……〟

それはもうカルタン人の声ではなく、断片的な言葉は二の日の歌の引用だった。だが、ハウリ人はなにを考えている？　かれらはどうやってか船団に潜入し、いまは死ぬ準備をしている。その理由はまだはっきりしない。

銀河系船団のほかの艦船に警告すべきだとはわかっている。だが、この瞬間、苦痛に満ちた呪縛から自分を解き放つことができなかった。精神的に徐々にカルタン人に引きよせられ、ついにはゲ・リアングの精神にとりこまれてしまったかに感じる。紐帯《ちゅうたい》はすでに音楽＝プシオン結合だけでなく、そこにハウリ人の思考まで感じるようになっていた。

すぐに──ハウリ人の思考が鮮明になり、サラアム・シインは相手の名前を認識した。ポステル・トル・ジアック。名歌手は即座に、真に重要な点に気づいた。ハウリ人は暗殺と自殺を等価と考えている。

〈ペリー・ローダンとアトランは死ぬことになる。ヘクサメロンの弟子はジュアタフ船を改造し、《シマロン》に充分接近して攻撃を開始する。異人ふたりにチャンスはない〉

サラアム・シインは自分の状態がどうあれ、なんとしても警告しなくてはならないと思った。

〝宇宙はつねに変化しつづけるかたちあるものとかたちないものでいっぱいになるが、支配者ヘプタメルの目でさえ、もうなにもとらえることはできない。一の日の宇宙のなりゆきは、もはや半神の知覚でも認識できない領域にあるから……〟

サラアム・シインは一の日の歌を振りほどこうとしたが、なにかが流砂のようにかれを捕らえてはなさない。もがけばもがくほど、かれの精神は深く沈みこんでいく。

〝宇宙はもっとも深い深淵の黒で満たされ、かたちあるものとかたちないものがちいさな空間にいっしょに押しこめられる。そこではこれまでに宇宙に存在したすべての物質とエネルギーがひとつになる……〟

〈ゲ・リアング！〉心のなかで叫ぶが、カルタン人はいまやかれの一部であり……かれもカルタン人の一部だ。

そこにいきなりポステル・トル・ジアックもくわわった。ハウリ人自身は気づいていないだろうが、歌によって三名のべつべつの生命体がひとつになっている。サラアム・シインはまるで自分が数秒後に攻撃キイを押そうとしているかのように感じた。だめだ、意志をしっかり持って、《シマロン》に警告しなくては！ 三角構造はびくともしない。突然、ポステル・トル・ジアックの前の制御盤がはっきりと見えた。まるでハウリ人ではなくかれ自身が《アル＝ティモン》に乗っているかのように。

それなら逆にも作用できるはず。ゲ・リアングはたんなるテレパスではなく、テレ暗示能力者でもある。ここからポステル・トル・ジアックの計画を挫折させることもできるにちがいない。計画を中止するのだ、と強く心に念じる。ハウリ人は耳を貸さない……

…暗殺の意図が脳裏に深く焼きついていて、まるでプログラミングされたマシンのようだ。

もうすこしかんたんな介入なら可能性があるだろう。名歌手はポステル・トル・ジアックに計画を中止させるのはあきらめ、キイを押すのをすこし遅らせることにした。一分でも時間を稼げれば、それだけ《シマロン》のチャンスはひろがることになる。

だが、どれくらい遅らせることができるだろう？

せいぜい数秒だということはわかっていた。時間が迫っている。かれ自身の命が危険というわけではないが。

〝ジャムウの地の神々は「もう充分だ！」と、いうだろう。一の日はちいさな空間に押しこめられた原初の力の震えとともに終わりを迎える。一の日のあとにはあらたなはじまりが生じ、原初の力がちいさな宇宙の境界を押しひろげていく。新しい宇宙が生まれ……〟

ポステル・トル・ジアックが指先でキイをまさぐる。名歌手はようやく、なにをすべきかに思いいたった。カルタン人と力を合わせ、全力を振り絞って、ちょっとした暗示を送る……ハウリ人の顔色が赤くなったりブルーになったりし、かれはまちがった、だが無意識下では受け入れられる行動をとった。

ポステルが押したのは攻撃キイではなく、自爆装置のスイッチだった。

＊

はるか遠く、《ハーモニー》のプロジェクター・ボウルから見て頭上方向に、三つのあらたな恒星が出現した。サラアム・シインは視覚房を閉じ、ぐったりと床にすわりこんだ。なにもいわないのにシントロニクスがグリーンの藪と遠い山々の映像を投影する。オファラーはごくゆっくりと、それまでに経験したなかでもっともストレスが大きかった状況から回復していった。

「あなたもそれほどきつかったのか？」カルタン人が疲れた声でたずねる。精神融合はすでに解けていた。

「ああ」サラアム・シインが歌で答える。「きつかった。ハウリ人の死を自分のことのように感じたから」

「われわれどちらも、かれの考えを認識していた」その声にはどこか探るような、不満げな調子があった。「かれらはハンガイ銀河到達直前に合流した者たちだ。だが、あなたはその前から歌を感じていた……なぜだ？　どうしてそんなことが？　あなたのプシオン感覚はそんなに遠くまでとどくのか？」

「わたし自身はわからない、ゲ・リアング」思った以上に滑らかに嘘が流れ出た。もちろん、かれの感受範囲はカルタン人が信じているほどひろくはない。理由はべつにある。

超越知性体〝それ〟の使者、ベネカー・ヴリングのしわざだろう。《シマロン》ではじめて会ったとき、かれはサラアム・シインの前にあらわれて警告を歌った。音楽の美しい側面からはるかに隔たった警告を。音楽は武器にもなる。かれ自身がそれを証明していた。そしていま、唯一の警告がやはり音楽によってなされ、それはかれレベルの歌手でないと理解できない。最初に聞こえた遠い歌声は、サラアム・シインには理解できない存在が意図して送ってきたものだろう。ベネカー・ヴリングは最小限の介入で最大の成果をあげたのだ……かれとゲ・リアングが数分前に成し遂げた成果を。

11 炎の嵐

探知映像は実際に起きたことを不適切に描写することしかできなかった。三隻のジュアタフ船が無数のちいさな爆発を起こし、木《こ》っ端《ぱ》微《み》塵《じん》になったのだ。《レダ》も《ナル》も、《シマロン》のシントロニクスも、なにがあったのか説明できなかった。ほかのジュアタフ船に問い合わせても同じことで……そこに《ハーモニー》のサラアム・シインから報告があった。

ペリー・ローダンは名歌手の内心の苦悩を感じとり、必要最低限以上のことは質問しないようにした。十分後、オファラーは当面の話を終えた。

「トスタンが正しかったわけか」ローダンがレジナルド・ブルに向かっていった。「ダオ＝バン星系に向かう途中に罠がしかけられていた。ただ、どうにもおさまりがよくない……」

「なにがいいたいんです、ペリー？」

「単純なことだ。サラアム・シインがすでにヒントを出している。ハウリ人はかなり出遅れた。最後のハンガイ・クオーターに到達する前にわれわれを殺すはずだったのだから。かれらがしたことはアフ＝メテムの意図とはすこしちがう、必要に迫られた独自行動だった」

「なるほど」剛毛の赤い髪を短く刈りこんだ小太りの男はシートの背にもたれ、考えこんだ。「ラトバー・トスタンが正しいとすると、ほんとうの罠はこの先で待ち受けているはず」

「そのとおりだ、ブリー。だが、われわれにできることはほとんどない。きみにできる最善は、仕事にもどって、計算が終わった惑星ジトラまでの最終航程のコースを指示することだ。アフ＝メテムが六桁《けた》の数の宇宙船を相手になにができるか、そのあとで見てみよう」

　四時間後、ブルはコースの指示を終えた。ローダンは《シマロン》からそのようすを見て、船団編成が自分の仕事ではないことに内心で安堵をおぼえた。

「数秒後に遷移します」イアン・ロングウィンが報告。

　かれはいつものように、じっとスクリーンを見つめていた。だが、なにも起きない。超光速航行に遷移できないのだ。なにが起きた？　エンジンの故障か？　かなり考えにくい。船団の艦船は一隻も欠けていないから。アトランも似たような経験をしていなかったか？

そう……ローダンはアルコン人の身に起きたことを思い出した。ギルラトゥ星系で、未知の影響によって《ツナミ＝コルドバ》のメタグラヴ・エンジンのエネルギーが吸い出されたことがあった。あれは〝炎の嵐〟作戦の試験だったのかもしれない……炎の侯爵アフ＝メテムの作戦だ。

その関連性に思いいたって、ローダンは思わず立ちあがった。不幸な偶然で、アルコン人は自分の船《カルミナ》にいて、連絡がつかない。

「もう一度だ、ブリー！」

「了解。イアン、合同船団の全艦船に再スタートを指示しろ。定刻は三分後だ。たとえ意味がなくても……」

「われらがアルコンの王子は悲観主義者をよそおいたがるからな」ローダンは冗談をいったが、だれも笑わなかった。かれ自身、そんな気分ではない。再度の試みも、最初と同じくうまくいかなかった。イアン・ロングウィンはシントロニクスの助けを借りて、メタグラヴ・エンジンにエネルギーがとどいていないことを探り当てた。原因はわからない。詳細な調査には時間がかかるようだ。

ローダンはシートにもどって待ちつづけた。ブルをふくめ、ほかの者たちはまだ駆けずりまわっている。興奮しているようだ、とかれは思った。ラトバー・トスタンには謝罪すべきだろう。銀河ギャンブラーの予想どおりだった。

ようやくアトランが到着。だが、ローダンが話しかける前に、ラランド・ミシュコムが全員の注目をうながした。

「通信が入っています。映像を全周スクリーンに出します」

ハイパーカムが受信したぼやけた色の映像は判別しがたかったが、メッセージの内容はそれ以上だった。

「六の日の終焉を拒む不信心者は、いまその当然の報いを受ける。それは五の日にエシュラア・マグハアスで起きるだろう。炎の侯爵が炎の嵐でかれらを祝福する」

映像は乱れていたが、話している相手は疑いようがなかった。アフ＝メテムだ。エンジンを作動させる方法が見つからないかぎり、かれらはここで立ち往生するしかない。いまのところなにも起きてはいないが……アフ＝メテムのメッセージから、ローダンはこの平穏がいつまでもつづくことはないとほぼ確信した。

「《レダ》が呼びかけてきています」ネット・コンビネーションのピココンピュータが報告した。

「《レダ》につなげ」

「ハロー、ペリー」ドリフェル・カプセルのおだやかな声が響いた。「ちょっとした朗報です。《ナル》とわたしはエンジンの麻痺の影響をうけていません。スタートできます」

*

〝炎の嵐〟がなにを意味するのかはすぐに明らかになった。船団が座礁している宙域が、突如として強力な電磁放射に満たされたのだ。たちまち全艦船の船体が摂氏八百度にまで熱せられ、防衛のために防御バリアの展開を余儀なくされる。だが、放射はさらに強くなった。まるでアフ＝メテムがその宙域だけを周囲の空間から切りはなし、かれらを文字どおり焼きつくそうとするかのように。

「どうする、ペリー？　介入するか？」と、アトラン。

「もちろんです。われわれ以外にだれが助けに行けます？」ローダンは打ちひしがれたようすでアルコン人を見やった。予想しておくべきだったのだ。だが、いまは嘆いている場合ではない。いまにして思えば、集合の呼びかけは炎の侯爵の策略だった。アトランが最初に惑星ジトラを訪れたときはなにも発見できなかったが、〝炎の嵐〟を発生させる設備は、すでにそこに準備されていたにちがいない。あるいはダオ＝バン星系のどこかべつの場所に……そうとしか考えられない。

　ローダンは人員用の小型ハッチからベオドゥとともに《レダ》に乗りこみ、司令室をめざした。短い信号で、アトランとバス＝テトのイルナも《ナル》に乗りこんだことがわかる。銀河系船団からほんの数百メートルのポジションで両ドリフェル・カプセルは合流し、ジトラに向かうコースを設定した。

船団は後方にとどまったままだ。

やがて旧式の一ベングエル船の防御バリアが不具合を起こした。ほかの艦船もやがてはそうなるだろう。多少はもつとしても……時間の問題だった。

12 エピローグ

わたしはタルカン宇宙でプレイヤーのメッセージを伝える。担当はペリー・ローダンとアトラン、かつてコスモクラートの命令で宇宙的に重要な者にあたえられた、特殊な細胞活性装置を保持する者たちだ。

かれらはつねにその使命を自覚しているわけではない。その点はよく理解している。プレイヤーにさえ、かれらの未来の運命はわからない……ただ、ひとつだけ確定していることがあった。命のにない手は死んではならない！ 炎の侯爵は死の道をふたつ用意し、そのひとつはわたしが排除した。名歌手が最初に聞いたハウリ人の声はわたしのしわざだ。その後、かれは注意深くなった。一度個人的に顔を合わせ、わたしの歌がかれに感銘をあたえた。充分な感銘をあたえたことは、アフ＝メテムの最初の計画の失敗が証明している。

第二の計画はそれよりもずっと効果的だった。

たしかに、主人からの命令は明確だ。だが、わたしはどうすればいい？　ペリー・ローダンとアトランはしばしば孤立無援になる。わたしやわたしの同類は目につかず、しょっちゅう働きかけたりはしないから。

われわれがすることは指先でそっと触れる程度だが、今回、それには大きな努力が必要だろう。

命のにない手の存在がかかっている。

決断しなくてはならない。重要なのは結果であり、どう手を貸したかではないのだ、いまはもう……主人はわたしに行動の自由をあたえているが、ひとつだけ、許されていないことがある。プレイヤーに対象の死を知らせることだ。

炎の嵐

ペーター・グリーゼ

登場人物

ペリー・ローダン…………………………テラナー

アトラン……………………………………アルコン人。タルカン遠征隊隊長

バス＝テトのイルナ………………………アコン人。アトランのパートナー

レジナルド・ブル（ブリー）……………《シマロン》最高指揮官

ウッコマ・ヴァルサル……………………同次席技師。ハイパー技師

ベオドゥ……………………………………アッタヴェンノク。夢想家

オンドルム…………………………………同。ベオドゥの親友

ベネカー・ヴリング………………………超越知性体〝それ〟の具象

ヒルダル……………………………………同エスタルトゥの具象

ヨナスト・ヨク……………………………〝炎の嵐〟制御ステーション監督

アフ＝メテム………………………………炎の侯爵

プロローグ

ペリー・ローダン

わたしはひとり、二千年を超える経験を反映したさまざまな思いにふけった。過去を総ざらえし、数分間、このタルカン宇宙における絶望的な状況を意識的に頭から追いはらう。この数日、言葉にするのがむずかしい思いが脳裏に去来していた。

わたしは強大でほとんど理解できない存在に、あまりにも関わりすぎたのではないか？　かれらはいま、わたしの存在平面で混沌に対する戦いをはじめようとしているのでは？

わたしはもう、幻視や直感や夢幻的なメッセージに大きな共感を感じていない。それらはわたしの個人的な世界観にうまく適合しないから。疑念が大きくなって、もはや消し去ることができない。

わたしはまた、自分たちを進化の頂点と考えているらしい存在に対する共感もちいさくなるのを感じた。コスモクラート、カオターク、〝それ〟、エスタルトゥ、スィ・キトゥといった者たちだ。かれらからよく理解できない方法で派生した、ヒルダルやベネカー・ヴリングもふくまれる。

わたしはただの人間、テラの生命体にすぎない。

あれらの存在はなにがしたいのか？　かれらは銀河を一宇宙からべつの宇宙に転移させている。この残酷な権力ゲームの犠牲者のことなど、その念頭にはないだろう。なにかが決定的にまちがっている。わたし自身も無辜《むこ》とはいえないだろう。何度となく、嬉々として、かれらの行動原理にしたがってきたから。それはわかっている。迷うのは当然だ。自分の行動すべてが正しかったわけではない。

それでも、この認識はわたしをさいなんだ。

現実という地表に帰還したい。自分の行動原理をとりもどしたかった。カオタークの手先のせいだ。ヘクサメロンはタルカン宇宙の絶対的な終焉《しゅうえん》を望み、あらゆる手をつくして、全力で終わりに向かって突き進んだ。

カンサハリヤの諸種族はそれに抵抗したが、かれらが採った方法では事態をたいして変えられなかった。必死になったかれらは無謀にも、考えられない方法に挑んだ。銀河そのものを一宇宙からべつの宇宙に移動させることにしたのだ。

愚行と狂気に対して、狂気と愚行で立ち向かったということ。

わたしは強大な力のたんなる手先や実行役ではない。コスモクラートからのあらたな報復を恐れてもいない。かれらもまた事態を把握できていないと思うから。

わたしはいままで、あまりに長く利用されてきた。謎めいた直感にしたがうばかりで、理解できないものに決断をゆだねてきた。かれらが最終的に、われわれの助けになったとは思えない。むしろ害になったとさえいえるだろう。

自分自身を見つめなおし、これまでの出来ごとにあらたな答えを見つける潮時だった。その答えとは……自分の意志で行動しなくてはならない！　アフ＝メテムを消滅させる！

目的は決まったが、それを口に出すことはしなかった。

アトランの考えも、そう大きくはちがわないだろう。

ここ数日、意識の片隅にべつの考えがたゆたっている。すでに起きたこととこれから起きることとの結末は、想像もできないカタストロフィでしかありえない。それはあまりにも巨大で、とてつもない犠牲をともなう。

わたしの足はまだ地についているか？

この考えは《レダ》にもピコンピュータにも語れないし、語るつもりもなかった。

すべて自分自身で解決するしかない。アトランとともに。かれを疑う必要はないから。
アフ＝メテムを相手に。

1

両ドリフェル・カプセルは方位確認のため通常空間に復帰した。通常空間といっても、そこはとても通常とはいえない。ペリー・ローダンとアトランがいるのは故郷宇宙ではなく、縮みゆく、死にゆく宇宙タルカンだったから。そこでは残酷な力が収縮と死のプロセスを加速させていた。背景はいつものおちつく黒ではなく、不気味などす赤い色だった。

周囲の星々は銀河系のものではない。ハンガイ銀河の星々であり、しかもその一部だ。ここにはハンガイ銀河の四分の一しかのこっていないから。あとの四分の三はすでにカンサハリヤのマシンで、かれの故郷宇宙に転移していた。

そうだ、とテラナーは自分自身に向かっていい、小柄な友、アッタヴェンノクのベオドゥに目を向けた。ここはとても通常とはいえない。すべてが異質で、残酷で、まったく理解できない。心は強く故郷を、あとにしてきた人生を望んでいた。その思いがかれを苦しめ、奮起させる。

《レダ》と《ナル》のあいだの映像通信がこの機動でとぎれることはなく、ローダンとアトランはたがいの映像と向き合っていた。

　アルコン人のドリフェル・カプセルは銀河系船団とベングエル・ジュアタフ合同船団の以前のポジションからダオ＝バン星系までの八万三千光年を、すでに一度翔破していた。無数の宇宙船はそのあとの超光速航行を終え、のこる距離はわずか二百八十光年だ。それでもハンガイ銀河の主平面上にある二惑星星系に向かう前に一度通常空間にもどるのは、どうしても必要なことだとローダンは考えた。

「《シマロン》から通信です」《レダ》がおだやかな声で報告した。「距離は百二十一光年。〝炎の嵐〟宙域の状況は危機的だと、レジナルド・ブルがいっています。急いでもらいたい、と」

「すぐに魔法をかける」ローダンがいった。「奇蹟はもうすこし長つづきするだろう」

「不満そうだな」アトランがかぶりを振る。

「現状を考えれば、当然でしょう？」ローダンは皮肉っぽい笑い声をあげた。

　アルコン人がうなずく。

「ブリーにも警告しておくつもりだったはずだが」

テラナーはハイパーカムで《シマロン》を呼び出した。待つほどもなく、ブルの顔が通信機のスクリーンにあらわれる。テラの宇宙航行初期からのローダンの友人は、疲れて消耗しているようだった。

「どんなぐあいです、老人?」ブルは息をあえがせていた。

「〝炎の嵐〟宙域に関するデータがいくつか得られた。スタート後、《レダ》が正確な調査を実施したから。得られたデータはすべてそちらのシントロニクスに送ったが、きみにも話しておこうと思った」

「なぜです?」

「よくわからない」と、ローダン。「わたしとアトランは〝炎の嵐〟の源を早急に発見し、排除するつもりだ。アフ＝メテムの悪魔的な計画だということはわかっている。炎の侯爵自身は適切な防御をしているはず。かんたんにはいかないだろう」

「でしょうな。こっちも眠ってるわけじゃありません。脱出口を探してます」

「気をつけろ。〝炎の嵐〟宙域は球形で、直径はほぼ二光週、三千六百三十億キロメートルある。宇宙的に見ればごくちいさい範囲だが、超光速エンジンが使えなくなった宇宙船にとっては、まともに翔破できる距離ではない」

「でしょうな」ブルがくり返す。「ためしてみる意味さえありません。このまま温度が上昇すれば、最短三日で合同船団は崩壊です。つまりどういうことかはわかるはず」

ブルは指をのばした片手を喉の前で水平に動かし、息が詰まったような声を出した。

「いうまでもないが、旧友、アトランとわたしは全力をつくしている。きみはできるだけ生存を長引かせてもらいたい。〝炎の嵐〟の源をすぐに排除できる保証はない。だから〝炎の嵐〟宙域について、できるだけ知っておくのはきみにとってもいいことだろう」

「あなたの心からほとばしる言葉に耳を澄ましてますよ」赤毛の男はあまり熱心そうには見えない。

「《レダ》がそちらの位置を正確に計測した。ハンガイ銀河の重力中心点から八千二百九十七光年だ。もちろん、この値《あた》いは理論的な、本来のハンガイ銀河全体を基準にしている。〝炎の嵐〟宙域を加熱しているハイパーエネルギー流は上位連続体から球形領域全体をつつみこんでいる。そこから考えて、電磁放射の源はダオ＝バン星系に存在する蓋然性がきわめて高い。私見だが、惑星ジトラしかありえないだろう。ただ、確実なことはわからない。あらゆる事態を考慮すべきだ」

「宇宙のフライパンで焼かれて死ぬ事態は考慮してますがね」ブルは顔をしかめた。

「放射は着実に強くなってます。防御バリアがエネルギーを遮断しているので、当面、直接の危険はありませんが。いちばん心配なのはベングエルです。かれらの小型船には強力な防御がありませんから。大型船の防御バリアを拡大して小型船をつつみこんでますが、そんな彌《び》縫策《ほうさく》がいつまでつづくかわかりません」

「正確な時間計算はできているか？」ローダンがたずねる。

「もちろん」ブルは一フォリオを手にとった。「防御シールドがなくなれば、船体外殻の温度は摂氏千度になります。周囲の空間は赤い輝きが明るくなって、オレンジ色に近づいてます。われわれ、丸焼きにされる鶏みたいなもんです」

「適切な比喩かもしれないが、気にいらないな」と、ローダン。

「わたしが気にいっているとでも？　《ツナミ＝コルドバ》のシントロニクス結合体の計算では、アフ＝メテムのエネルギー源はほぼ無尽蔵だそうで。エネルギー強度の増加が完全に均一なので、そう考えられるそうです」

「なにごとにも終わりはある」ローダンはブルをはげまそうとした。

「その後の計算によると、こちらのシントロニクスも確認しましたが、あと二日と十七時間で周囲の温度は百万度に達するそうです。色は赤からオレンジに、さらに黄色に変わり、やがて澄んだ白になります。そのあと暗い青に変わるんでしょうが、われわれがそれを見ることはたぶんありません。遅くともそのころには、宇宙のフライパンも完全に熱せられてますから。それまでになにも起きなければ、《シマロン》は目玉焼きになってますよ」

「うなだれるのはよせ」ローダンはあらためて友を鼓舞しようとした。「あきらめるのはまだ早い。時間は二日半以上あるんだ。そのあいだに、ハンガイ銀河の最後のクォーターもタルカン宇宙から消えるはず」

「たしかに。いまはNGZ四四八年二月二十六日早朝で、最後の転移は二十八日の予定ですから」

「アフ＝メテムがこのエネルギーと放射の地獄のゲームをどうやって指揮しているのかわかれば、対処する時間は充分にある」アトランが《ナル》から割りこんできた。画面の奥にはバス＝テトのイルナの姿も見える。準不死の女アコン人も真剣な表情だ。「放射にはいくつかの特性があるはず。超光速エンジンが使えないのも、明らかにその影響だろうから」

「どうして《レダ》と《ナル》は影響を受けてないんでしょう？」と、ブル。「たずねてみましたか？」

「もちろんだ。ドリフェル・カプセルはクエリオン技術で建造されていて、さいわいにも、アフ＝メテムには手が出せなかったのだろう」ローダンの鋼のようなグレイの目が行動への渇望にきらめく。「〝炎の嵐〟宙域全体が包括的なハイパー次元エネルギー・フィールドになっている。気をつけろ、ブリー！《レダ》が二光週の境界をこえるとき、すこしばかり衝撃があった。《ナル》も同様だ。まだ仔細《しさい》な分析はできていないが、いずれにしても、なんらかの障壁が存在するらしい。危険がないとはいえないだろう。

クエリオン技術で突破はできたが、加熱プロセスが継続して、この障壁がどう変化するかは《レダ》にもわからない。なにか実験をするにしても、この点は忘れないようにしてもらいたい」

「そうします、ペリー。そっちはこの宇宙のフライパンをなんとかするほうに注力してください」

通信を終え、ローダンとブルは手を振って別れた。アトランも自信ありげな口ぶりで別れを告げる。それでもハイパーカムのスイッチを切るとき、ブルの顔には緊張した表情があった。

《レダ》と《ナル》の航行データの共有はとっくにすんでいる。

「行くぞ！」と、ローダン。「ダオ＝バン星系にコースをとれ」

「行くぞ」と、ベオドゥ。「炎の侯爵の、炎の源へ」

＊

ブルはローダンとアトランに見せたほど落ちこんでいるわけではなかった。経験豊富なテラナーに匙《さじ》を投げさせるほどの状況ではない。友ふたりがドリフェル・カプセルにいるというチャンスを、きわめて現実的なものととらえてもいた。ただ、炎の侯爵は楽な相手ではない。いまは避けられそうにない運命の期限をできるかぎり引きのばすしかなかった。

すでに計画は思いついていて、かれはそれをラトバー・トスタンのほか、《シマロン》の数名の科学者と検討していた。

「計画の核心はこうだ。アフ＝メテムの〝炎の嵐〟は基本的にふたつの部分で構成されている。ひとつは通常エネルギー要素で、電磁放射を純粋な熱放射に変換し、上位平面、たぶんハイパー空間から放出している」

「純粋な熱放射がエンジンに影響をあたえることはない」ラトバー・トスタンが指摘し、自然科学者たちがうなずいて同意する。

「もちろんだ」ブルはシートのなかで居心地悪そうに身じろぎした。「最後まで話をさせてもらいたいな。熱放射は要素のひとつだ。バリアで防御できる。熱は……いまのところは……船体にとどいていない。また、通常エネルギーだからというだけでなく、そもそもの影響力から考えても、超光速エンジンの故障の原因ではありえない」

「そこで第二の要素というわけですね」《シマロン》の次席技師でハイパー技師のウッコマ・ヴァルサルがいった。彼女の上司である首席技師は体調が悪く、会議に出席できなかったのだ。「それがエンジンの故障を引き起こしている」

「そうとしか考えられないからな」と、ブル。「そこがスタート地点だ。第二の要素のエネルギー・フィールドはハイパー探知機でも正確に分析できない。まったく未知のモデュレーションなので、その効果について確実なことがなにもいえないから。《ツナミ＝コルドバ》のシントロニクス結合体さえ匙を投げたくらいだ」

「ツナミ艦は匙など持ってませんよ」と、トスタンが口をはさむ。

「意味は知っているだろう」ブルは過敏に反応した。「出ていきたいなら、チケットはとってやるぞ」

ギャンブラーはなだめるような視線をブルに向け、黙りこんだ。スヴォーン人のポージー・プースがテーブルの上にしゃがみこみ、ブルの言葉を聞いて、大きな友に向かってちいさな舌を突き出した。

「目下の問題に集中しよう」と、ブル。「超光速エンジンの故障については、〝炎の嵐〟の第二の要素だけが問題になる。それがなんであるにせよ、ハイパーエネルギー領域のものであるのはたしかだ。ペリーが《レダ》の評価で確認している。そしてハイパーエネルギー領域に対しては、われわれに奥の手がある」

「パラトロン・バリアですか」と、トスタン。

「そのとおり！」ブルのこぶしが雷鳴のような音を立ててテーブルをたたいた。「《シマロン》のパラトロン・バリアを展開させた。イアン・ロングウィンはスタートしようとしたが、これまでの試み同様、残念な結果に終わった。どういうことだと思う？」

「ハイパーエネルギー変異がすでに宇宙船内におよんでいるんでしょう」と、ウッコマ。

「それがシステムを永続的に麻痺させたんです。再スタートする前に、まずそれを排除する必要があります」

「筋は通るな」ブルは納得顔になった。「つまり、問題はふたつある。すでに存在している、きみのいう〝ハイパーエネルギー変異〟の排除がひとつ。もうひとつは、〝炎の嵐〟のあらたな反応からエンジンを保護することだ」

「二番めのほうは比較的かんたんです」《シマロン》のシントロニクスがいった。「推進装置の個々の区画をべつべつにパラトロン・バリアで保護した上で、さらに全体をバリアでおおいます。ロボットを使って、九十分もあれば完了します。ただ、ウッコマ・ヴァルサルのいう〝ハイパーエネルギー変異〟の排除に関しては、なんともいえません。この情報は《ツナミ＝コルドバ》のシントロニクス結合体に転送しました」

だが、反応はなかった。シントロニクス結合体の能力さえ超える問題であるらしい。

「パラトロン・バリアを準備しろ」ブルが指示する。「ほかの問題の解決策は、まだこれからだ」

シントロニクスが指示を確認。

「問題はこの侵襲性のハイパーエネルギー変異が、静的なものか動的なものかという点でしょう」ポージー・プースがはじめて声をあげた。「もしそれが静的な変異で、船の物質と結びついてしまっていたら、宇宙のどんな力をもってしても排除できません」

「わたしはそれができる者を知っている」と、ブル。「ベネカー・ヴリングのことだ。この会議にも呼んだのだが、あらわれなかった。だれか、かれの居場所を知っている者はいないか？」

だれも知らないようだ。シントロニクスも沈黙している。

「では、ベネカー・ヴリングの捜索を提案する」ブルがいった。「いまこそあの男が必要だ」

議論がつづき、やがてシントロニクスがいった。

「ベネカー・ヴリングは《シマロン》に乗っていません。船から出た記録もありません。銀河系船団の各艦船と《カルミナ》と《ハーモニー》に問い合わせましたが、回答はネガティヴです」

「姿を消したか」ブルが首を横に振っていう。「〝それ〟やその具象は決まってこれだ。必要なときにいたためしがない。われわれ自身で問題を解決するしかないということ」

「ハイパーエネルギーの静的フィールドは一般的に検出可能で、検出装置も船内にあります」と、ウッコマ。

「だが、なにも見つかっていない」ブルが声に出して考える。「つまり動的な変動ということ。それを確認できるか？」

「答えられない質問というのはつねにあります。われわれ、不確実性のなかで生きているんです。でも、やってみる価値はあるでしょう。害があるわけでもありませんし」

「そのとおりだ」ブルはうなずいた。「それで、静的フィールドではないなら、どうやってハイパー放射を船から排除する？」

ウッコマは部下のひとり、白髪交じりのカポを指さした。

「これはあなたの専門分野ね」

寡黙な年配のテラナーは咳ばらいして、言葉を探しているようだった。

「ハイパーエネルギー除染ですな」と、しずかに話しはじめる。「現場ではそういう場合、ネガティヴ極性フィールドを形成して対応します。そのためには現存するエネルギー・ポテンシャルの基本構造を知る必要があります。まったく未知の放射が相手だとその点が少々問題になりますが、処理は可能です」

「それでいけるか？」と、ブル。

「そう単純ではありません」ふたたびウッコマがいった。「除染とは中性化のことですが、あらたにエネルギーが流入しないことが前提です」

「つまり、パラトロン・バリアの展開が先ということか？」

「そうです」カポとウッコマが同時に答えた。

「ほかに考えがある者は？」ブルが集まった面々を見まわす。全員が首を横に振った。

「では、作業にとりかかろう」ブルは立ちあがった。「シントロニクスにパラトロン・

バリアを展開させろ。ウッコマ、きみはつねにシントロニクスとコンタクトして、準備ができたらすぐに除染作業に入れるようにしておけ。ベネカー・ヴリングの捜索も継続してもらう。《シマロン》の司令室にいるから、つねにわたしに報告しろ。ペリーとアトランはまもなくダオ＝バン星系に着くはず。遠くにいても、通信経由でその場に居合わせたい。全員、死力をつくしてもらいたい。《シマロン》という名の宇宙の目玉焼きのスパイスになりたくなければ」

古強者の言葉は全員が理解していた。

その後も行方を断ったままのベネカー・ヴリングひとりをのぞいて。

2

星系の外縁をなす惑星ヴォンタルドの公転軌道まで十八光秒の位置から見るダオ＝バン星系は、ペリー・ローダンとアトランにとって、いささか見慣れないものになっていた。探知機は活発な動きを記録し、数分後にあらわれた映像はアトランの前回の経験とまるで異なっていた。

原因のひとつは高出力の迷走エネルギー放射で、このせいで即座に映像を出すことができない。空間全体にこのエネルギーが満ちていて、ドリフェル・カプセルのセンサーに影響をあたえるのだ。それを除去し、正しいエコーだけを取得する必要があった。

「時間がかかります」と、《ナル》が報告。《レダ》もそれに同意する。

その一方で、探知が困難な状況にもかかわらず、すぐにわかったことがひとつあった。これもまたアトランがダオ＝バン星系から持ち帰ったデータに合致していない。

しかもこのちがいは不安の種だった。ハウリ人の戦闘艦数百隻が外惑星のヴォンタルドを、四万から五万キロメートルの距離でとり巻いていたのだ。それだけではない。ハイパーエネルギー迷走放射の出どころは、予想とちがって惑星ジトラではなかった。直径三万八千キロメートルの球形空間から発せられていて、その中心には惑星ヴォンタルドがあった。

「読みちがえたな」アトランが不安そうにいった。「わたしもジトラがアフ＝メテムの活動拠点だと思っていた。そうではなかったようだ」

「ええ」と、ローダン。「ヴォンタルドは大気があるとはいえ、ルナ程度の大きさの岩の塊りです。それなのに、あらゆる点から見て、炎の侯爵はそこからすべてを支配し、指揮している……あるいは、させています。一方、ジトラにはエスタルトゥの基地があるらしい。おかしな話ですが、両勢力がごく近くでなにかを建設しているわけです」

「ウシャアル星系の惑星ゼレンガアでもそうだったな」アルコン人が考えこむ。

「重要なのはもっとべつのことだと思います」《レダ》が口をはさんだ。「現在、ダオ＝バン星系まで十八光秒の距離にいて、エンジンの放射は最小限におさえていますが、ハウリ人の警備艦隊がすぐにこちらを探知する可能性を、《ナル》もわたしも排除できません」

「わたしもそれを心配している」と、アトラン。「数百隻のハウリ艦の存在は、アフ＝メテムが敵の出現を予期していることをしめしている」

「けっこうな話です。どこで探知を避けましょう？」と、ローダン。

「まだ探知放射は感知していません」《レダ》のおだやかな声にはおちつきが感じられた。「ですが、時間の問題です。《ナル》もわたしも、手をこまねいていたわけではありません。近くにいくつか小惑星が存在します。長径が十から十二キロメートル程度のもので、そこにべつべつに身をひそめるよう提案します。通常航行エンジンはほとんどインパルスを発しませんし、小惑星までの距離は千キロメートル以下です。数分で到着できます」

「わかった」早々にハウリ人に発見される危険はローダンもわかっている。ヘクサメロンの信者には、自分たちがここにいることをできるかぎり知られたくなかった。「その小惑星に向かい、接舷しろ」

両ドリフェル・カプセルが加速した。探知機は作動しているが、正確な探知は不可能だった。ヴォンタルドとその周辺の空間から生じているハイパーエネルギー迷走放射が探知を困難にしている。

「十二キロメートルかける七キロメートルほどの大きさの放浪小惑星を目的地に設定」《レダ》がいった。「〝放浪者〟と命名します。《ナル》が向かうのはこれよりもやや大きい〝浮浪者〟です。両者の距離は二千キロメートル弱で、ヴォンタルド方向を探知するための測位基準としては充分です」

「ブリーとのコンタクトは?」アルコン人がたずねる。

「強力な通信インパルスが必要になるため、《レダ》もわたしも試みていません」《ナル》が答えた。「急ぐ必要もないでしょう。いまもっとも重要なのはハウリ人に発見されないことです」

たしかにそうもいえる。ローダンとアトランは二隻のドリフェル・カプセルが目的地に着き、重力で小惑星に接舷するまで黙りこんだ。〝放浪者〟と〝浮浪者〟に目立った特徴はない。

「どちらの小惑星も高速でダオ＝バン星系に引きよせられています」《レダ》が説明する。「これはわれわれの探知・測位システムにとって、きわめて好都合です。とはいえ、ヴォンタルド周辺のハイパーエネルギー乱流は非常にはげしく、まだ正確なデータが得られません」

「その乱流フィールドは揺らいでいて、ときどき隙間が生じるので、そこから測定しています」《ナル》が補足する。「しばらくがまんしてください。一、二時間で多少とも正確な映像が得られるはずです」

「いまわかっていることはあるか？」ローダンがたずねた。

「まだあまりありません」《レダ》と《ナル》は交互に質問に答えていた。一方にローダンとベオドゥ、もう一方にアトランとイルナがいるなか、裏で連携をとっているようだ。「ハウリ艦四百三十二隻がヴォンタルドをびっしり包囲していて、その奥にエネルギー性の障壁があり、探知を困難にしています」

「《レダ》の推測では」《ナル》が先をつづける。「〝炎の嵐〟の真の発生源はここではありません。わたしも同意見です。たぶんヴォンタルドにあるのは中央制御スイッチだけでしょう。エネルギーが実際にどこからきているのかは謎のままです。ここが発生源だとしたら、ハイパーエネルギー乱流はもっとはげしく、広範囲におよんでいるはず。宇宙の背景温度の下降など、ほかの現象も観測されるはず。ですが、そんな兆候は見られません」

「同意します」《レダ》が《ナル》と同じおちついた声でいう。「ヴォンタルドには〝炎の嵐〟の制御・操作システムが設置されているのでしょう。ダオ＝バン星系を偵察したとき気づかなかったのが残念です。当時、ハウリ人の監視艦隊は存在しませんでした。そのときシステムを破壊できていれば、われわれやベングエル・ジュアタフ合同船団が〝炎の嵐〟で攻撃されることもなかったのに。いまは道がふさがれています。数で勝《まさ》るハウリ艦隊は突破できませんから」

「そのとおりです」と、《ナル》。

「《シマロン》から通信です」《レダ》が急に会話を打ち切っていった。「ハイパーエネルギー迷走フィールドの影響でハイパーカム接続はやや乱れていますが、通信は可能です。指向性アンテナを使っているので、ハウリ人に傍受される危険はほぼありません。

ダオ＝バン星系の放射源にこれ以上接近すると、通信はまず確実に途絶するでしょう。いまならまだ、その危険はありません」

「炎の侯爵の地獄に突っこんでいくつもりはまだないのだが」ローダンが皮肉をこめていう。「ブルをスクリーンに出して、かれがシントロニクスから得たデータをすべてこちらに転送させろ。そのあと報告を聞こう」

「こっちはほとんど変化ありません」レジナルド・ブルがいった。「エンジンに特別防御を施して、〝炎の嵐〟によるハイパーエネルギーを除染する計画を進めてます。うまくいくかどうかは悪魔にもわからんでしょう。とにかくやってみます。ところで、そっちの話を聞いて心配になりました」

「なぜだ？」通信に入ってきたアトランがおちつきをよそおってたずねる。

「あなたたちの性格はわかってます」ブルは顔をしかめた。「〝炎の嵐〟の源を力ずくでなんとかしようっていうんでしょう。ペリー、鼻がてらてらしてるのが疑わしいんですよ。虎穴に入らずんば、とか思ってるにちがいないですから」

「それについてはなにもいう気はない」ローダンがいいかえした。「好きなように思っていればいい。《シマロン》が宇宙の目玉焼きで、きみはフライパンのすみで焼いて煮こまれるキュウリだと考えてもいいし、アフ＝メテムが死んで〝炎の嵐〟が不活性化すると思っていてもいい」

「わたしはべつのことを考えてました」ブルがきびしくいいかえす。「この状況から抜け出す方法をです。それだけじゃありません。アトランとあなたがダオ＝バン星系で、超越的な力に対抗して立ちあがるんじゃないかと想像してました。アフ＝メテムがあらわれて、あなたたちを消し飛ばすんじゃないかと。まったく気にいらない考えです」

「われわれを信用して、安心して実験を進めていい」と、ローダン。「アトランもわたしも頭がおかしいわけではない。だが、それくらいのことをするしかないんだ。そうしなければ、全員、おしまいだ。ヘクサメロンは勝利を祝って自死するにいたり、そのさい、数十億もの生命を道連れにするだろう」

「ま、いいでしょう」ブルが旧友をなだめるようにいう。「わたしがいいたいのは、無理をしないでくださいってことです」

「もちろんだ。アトランも同じだろう」

「たのみますよ」ブルは嘆息した。「外の温度はもう二万五千度を超えてます」

「だからこそ、いまは話し合うよりも行動だ」と、アトラン。

　ブルはなにもいわず、かぶりを振っただけだった。

「ハイパーカムは接続したままにしておく」ローダンがいった。「ただ、使うのはどうしても必要なときだけだ。用心しないと。ハウリ人はまだこちらを見つけていない」

「信じてますからね」ブルが念を押す。「時間があれば、あなたたちのために祈ってます。もうひとつだけ、ペリー。ベネカー・ヴリングに会いたいんですが、見つからないんです。かれならいまの技術的な問題を、まちがいなくなんとかしてくれるでしょうから」

「わたしなら、〝それ〟の具象を探そうとは思わないな」と、ローダン。「ヴリングは〝それ〟の一部で、そのため、〝それ〟によく似ている。自分の、あるいは主人の気分しだいで、あらわれては消えるだけだ」

「わたしの気分はどうなるんです?」ブルはそういって悪態をついた。

「それをいうなら、わたしの気分はどうなる?」と、ローダン。

ブルはふたたび悪態をついた。

「また話し合おう」ローダンは片手を振った。「まず、ドリフェル・カプセルの探知結果を見なくてはならない」

「またあとで!」ブルは顔をしかめてハイパー通信の接続を切った。

通信機が待機状態にあることをしめすシンボルが画面に表示される。

「探知結果だ」アトランが友の注意をうながした。「イルナがじりじりしている」

「探知で?」ローダンはそれ以上の返事をすぐには思いつけなかった。

「《ナル》もわたしも、まだ時間がかかります」と、《レダ》が報告する。

「その時間がほとんどないのだ」と、ローダン。「銀河系船団とベングエル・ジュアタフ合同船団は、あと二日半と数時間で焼きつくされてしまう」

「探知スクリーンに多数の信号がある」アトランがいつものように、話題を目の前の問題に引きもどした。「見てみよう」

ベオドゥがせまい《レダ》のなかで跳びはねた。いつもとまるでようすがちがう。完全に方向を見失っているようで、やがて甲高《かんだか》い声で支離滅裂なことをさえずりはじめた。

「探知は魅力的だ。何時間でも見ていられる」

「どうかしたのか？」ローダンがたずねた。

＊

「きっとわたしも歳をとったんだ。でも、けっして成長はしない」ベオドゥがそういって笑った。

「夢を見ているようだな、ちび」ローダンはなんとかアッタヴェンノクをおちつかせようとしたが、ことごとく失敗した。

「ナコード・アズ・クールに行ってから、まともに夢を見たことなんてない」ベオドゥの口調は真剣そのものだ。「あそこでわたしになにかが起きたんだ。もっと過去にも」

「なんだって？」

「だれかの息づかいが聞こえた」まったく脈絡のない答えが返ってくる。「とてもはっきりしていた。あなたではない、ワキアン。《ナル》とつながった通信機ごしに、アトランやイルナの息づかいが聞こえたわけでもない。この船にいるのはわれわれだけではない。べつのだれかがいる」

「どうかしているぞ、ちび」ローダンはふたたび探知スクリーンと、《レダ》の分析結果に意識を集中した。

「かれはどうかしてなどいない！」甲高い笛の音とクリック音から成るヴェンノクの言語なのに、なぜかローダンははっきりと理解できた。しかもそれはベオドゥの口吻《こうふん》から出た声ではない。

ローダンはさっと振り向いた。ベオドゥの横に小柄な生命体が立っている。まちがいなくヴェンノクだ。いや、と最初の印象を訂正する。女アッタヴェンノクだろう。からだつきが明らかにちいさい。

着用しているのは一枚布の簡素な衣服だ。装身具や武器や道具類はなにも身につけていない。アッタヴェンノクの細いからだと、それをおおう飾り気のない衣服があるだけだ。

「聞こえていたのは姿を見せる前の、彼女の息づかいだった」と、ベオドゥ。

「きみはだれだ？」ローダンが驚いてたずねる。《レダ》もピコンピュータも彼女に気づかなかったのだ。アトランとイルナも通信リンクを通じてなりゆきを見守っている。

「わたしはヒルダル」と、女アッタヴェンノクがいった。「あなたに会いにきたのではない、ペリー・ローダン。ベオドゥを訪ねてきた」

「ヒルダルだと？」ローダンが問いかえす。「前にべつの姿でもあらわれたな。はっきりいっておくが、わたしはきみがきらいだ。〝それ〟の具象、ベネカー・ヴリングに似ているから。かれも何度となく掻き消すようにいなくなったもの。助力には感謝するが、人類をはじめ、宇宙の諸種族に理解できるやり方をしてもらいたい。きみは独断でここにあらわれた。われわれがなにをもとめ、なにを考えているかも考慮せずに。きみの思いどおりに操られるつもりはない」

「そのとおりだ！」アトランが叫んだ。

「わたしの出現は、会うつもりだったパートナーが受け入れてくれるはず」女アッタヴェンノクに見える存在がいう。「あなたのためにきたわけではない。ただ、あなたの旧友のガルブレイス・デイトンにはべつの姿で会っている」

「嘘だな」と、ローダン。「ガルは故郷宇宙にいる。きみがいるのはタルカン宇宙だ」

「わたしは向こうにも、タルカンにもいる。あのときは向こうに顕現しただけ。今回はベオドゥに会うため、こちらにあらわれた。きみには理解できないだろう。ただ、おぼえておいてほしい。予見した避けられないカタストロフィの嘆きのなかで、わたしはあなたの友だった」

「友は自分で選ぶ」ローダンがうめくようにいう。

「好きなようにするといい」ヒルダルは平然としていた。「わたしからいえるのは、またべつの側で会うことになるだろうということだけ。すぐにそうなるかもしれない。機が恐ろしい勢いで熟しているから。そのときには、あなたが悩んでいる関係の網の目がどんなふうに結ばれているか、説明できるかもしれない」

「きみはたぶんエスタルトゥの被造物だな」と、ローダン。

「あなたがそう思うなら」ヒルダルはベオドゥに向きなおった。「わたしがここにきたのはきみのためだ。きみのテラナーの友は独自の道を進んでいる。その終着点が破滅だろうと成功だろうと、どうでもいい。わたしはごく短命だから。わたしの時間はきみたちよりも、またその友のアトランやバス＝テトのイルナよりも短い。きみに伝えることがある」

彼女が一歩近づくと、ベオドゥは一歩後退した。すぐに《レダ》のせまい司令室の壁にぶつかる。

「恐がることはない、ベオドゥ。機が熟しかけている。種が芽吹くかどうかは、まだだれにもわからない。プレイヤーはそれを望んでいる。その姉も。そのときなにが起きるのかはだれも知らない。あらゆる方面に、冒瀆《ぼうとく》が大きすぎる？　テラナーのディトンには警告したものの、かれがその警告を理解して、行動にうつる可能性はなさそうだ。わたしは大きな二重連合体を通じて再度生まれたばかり。長くは生きられないが、わたしがそのために生きている相手は永遠に生きる。アフ＝メテムや支配者ヘプタメルのような存在は、明らかにそうではない」

「意味がわからない」アッタヴェンノクがうめき、助けをもとめるようにローダンのほうを見た。テラナーは全身の筋肉を緊張させてシートのなかにうずくまり、反応を見せない。だが、頭はフル回転していた。

「ベオドゥ、きみはナコード・アズ・クールで超触媒となり、ベングエルとジュアタフ・ロボットを融合させる。かれらは全員、なかに偉大なもののちいさなかけらを持っている。このことを知ってもらいたかった。わたしもその偉大なもののかけらだが、短命で、どんなかたちにもなれる。そこで〝接触〟が起きる。その秘密はきみが自分で解明することになる。きみたち全員が、ヒルダルやほかの者たちに導かれるのではなく、自分で考えて行動しなくてはならないから。考えなさい、ベオドゥ！　もう夢は見ないでしょう！」

「悪くない言葉だ」ローダンがいった。「われわれ、もっと自分の頭で考え、自分のために行動すべきだ」

　ヒルダルはなにも答えず、多関節の腕の先端でちびのアッタヴェンノクに触れた。

「これは解放の接触。きみを本来の生き方にもどすもの」

ベオドゥはたじろぎ、口吻が下がった。

「時間切れね」ヒルダルがささやくような声でいう。ローダンの目には、その姿がぼやけていくように見えた。「結果は引き受けましょう。でも、また会うことになるし、そのときあなたは真実を知るはず。わたし抜きで自分の道を進むのはいいことよ。そのとき、きみはほんとうに強くなれるから。でも、気をつけて！　アフ＝メテムとヘクサメロンの勢力は、ドルーフや島の王や、第一震動力を相手にするようなわけにはいかないから」

「どうしてそんな過去の出来ごとを知っている？」と、ローダン。

「わたしはなにも知らない。だが、母がその弟から聞いている！」

ローダンはまだなにかいおうとしたが、その前にヒルダルの姿は消えてしまった。

「これではっきりしたな」やがてローダンがいった。「十二銀河の超越知性体はこのタルカン宇宙にいる。無数のベングエルとジュアタフのなかに、きわめて把握しにくいかたちで。われわれが二重の自死と考えていたものから生まれる〝二重連合体〟の説明はこれ以外にない。エスタルトゥは〝それ〟を弟といった。これは大胆な仮説を示唆している」

アトランの沈黙は同意をしめしていた。

「どうやらもう夢を見る理由がないようだ」ベオドゥが弱々しくいう。「ヒルダルの接触。もう夢は見ない。よくわかった」

「なにがわかったんだ？」と、ローダン。

「《ジュナガシュ》でわたしが見た夢をおぼえているか、ワキアン？」アッタヴェンノクはなにか考えこんでいるようだった。

「いくつもあったが、どれのことだ？」

「これだ。これと、これ」

「まるで謎々だな、ちいさな友」

「わたしの救済者が夢についてどういっていたか思い出せ、ワキアン。ふたつの夢と、あなたも体験した真実の一端。《ジュナガシュ》でのことだ。そして〝接触〟のこと、大昔に受けた〝エスタルトゥの接吻〟のこと……」

3

レジナルド・ブルはシントロニクスとウッコマ・ヴァルサルから《シマロン》のエンジンの状況について報告を受けた。

「いくつか新しい問題があります」と、次席技師。「首席技師のヴェエ・ユィイ・リィはまだ職務にもどれません。ただ、《ツナミ＝コルドバ》から専門家を二名呼びました」

「問題というのは？」と、ブル。

「推進装置区画ではハイパーエネルギーが、静的なものも動的なものも検知できないんです。〝炎の嵐〟がどう影響しているのかは謎のままです。なにかがあるという前提で作業していますが、ほんとうになにかあるのかどうか、よくわかりません」

「スタートを試行できるのはいつごろになりそうだ？」

「すべてがうまくいったとして、一時間後くらいです」

「では、ここはいいから、作業をつづけてくれ」

ウッコマが司令室からいなくなると、ブルはシントロニクス結合体に向かってたずねた。

「赤い〝炎の嵐〟の状況は？　ほかの艦船はどうなっている？」

「背景光は予想どおり、オレンジ色に近づいています。ベングエル・ジュアタフ合同船団には絶望感がひろがりはじめています。とりわけ、小型で防御の弱いベングエル船はバリアが限界に達しかけていて、困難な状況です。放射が強すぎて、吸収しきれなくなってきています。小型船を大型船の防御バリア内に保護するという方法も、長くはもたないでしょう。防御範囲をひろげた結果、能力が弱まっていますから。すぐになにか手を打たないと、放棄するしかない艦船が出てきます」

「ベングエルとジュアタフは、それ以外はおちついているのか？　なにしろイマーゴの肉体がふたつともなくなったわけだからな」ブルの言葉には皮肉っぽい響きがあった。ペリー・ローダンとアトランのことはこう表現するしかないのだ。

「エスタルトゥの呼びかけが消えて以降、イマーゴはさほど重要ではなくなったようです。思うに、ペリー・ローダンとアトランの役割は、ベングエルとジュアタフ・ロボットを糾合することだったのではないでしょうか。その準備のために必要な存在だっただけで、使命がはたされたいま、イマーゴ症候群は終息したのだと思います」

「それは大きななぐさめだな。もうひとつ、あの地獄の番犬、ベネカー・ヴリングはどこにいる？」

「先に伝えるべきでした」シントロニクスがかすかに後悔を感じさせる口調でいう。

「シュプールが見つかっていればよかったのですが。ただ、〝地獄の番犬〟という表現が適切とは思えません。たしかに〝それ〟の使者なのですから」

「かれはなぜ姿を消したんだ？」

「はっきりしたことがいえるだけの証拠はありませんが、独自に調査を実施しているか、呼びもどされたか、あるいは具象としてはすでに存在しないのではないかと考えられます」

「具象としては？　どういう意味だ？」

「いったとおり、証拠はありません。ただ、理論的には、炎の侯爵が〝それ〟の具象の危険性を認識し、前触れなく排除した可能性はあります」

「たんなる推測だ」と、ブル。

「もちろんです」生体コンポーネントを有するシントロニクスは、少々むっとしたようだった。「そういっているでしょう。証拠はありません。わたしからいえるのは、ベネカー・ヴリングが出てくるのを待つのではなく、推進装置の作業をつづけるべきだということだけです」

ブルは話しても無意味だと考え、会話を打ち切った。シントロニクスに指示して、銀河系船団のほかの船にもバリアによる防御を試みるよう伝えさせる。《シマロン》でうまくいったら、ほかの船でもすぐに同じ方法が使えるように。

次にかれは《シマロン》の船首に向かった。そこにはメタグラヴ・エンジン、フィールド推進装置、ハイパートロップ吸引装置、グラヴィトラフ貯蔵庫など、エンジン関連機器が格納されている。

ちょうどエンジンを保護するため、追加のパラトロン・バリアを展開する実験がはじまったところだった。

老人のカポは三名の助手と十二体のロボットを使い、パラボラ鏡をいくつか設置していた。まわりには無数の装置類が林立している。ブルはほぼすべての技術分野に精通しているが、そんなかれにもカポがなにをしているのか、部分的にしか理解できなかった。

「偶然、奇妙な現象を見つけまして」カポが話しかけてきた。「ここが実際にハイパーエネルギーに汚染されているという、間接的な証拠になるかもしれません。見てください！」

かれはポケットからちいさな独楽《こま》をとり出し、床の上に立てて、指で軸をひねった。プラスティック製の独楽は奇妙な動きを見せた。回転するのではなく横に倒れ、すこし揺れたあと動かなくなる。

「やってみてください」と、カポ。

ブルはわけがわからないという顔でかぶりを振り、いわれたとおりにした。結果は同じだ。独楽は回転しない。

「次はあそこでやってみてください！」白髪交じりの男は外のホールに通じるハッチを指さした。ブルがそこで独楽をまわすと、こんどは摩擦で運動エネルギーがつきるまで、正常に回転した。

「どういうことなんだ？」

「エンジン区画ではちょっとした通常の物理法則が働いていないのです。説明はできませんが、われわれには感知できないハイパーエネルギーの、偶発的な副作用だと思います」

「つまり、〝炎の嵐〟のハイパーエネルギーがエンジンに影響をあたえているということか。この空間自体になにかが起きている」

　カポとウッコマはうなずいた。

「それを除去できればいいんですが」と、ウッコマ。「パラトロン・バリアを展開したら除染を開始します。危険があるかもしれないので、わたしたちは外に出ます。ロボットをプログラミングして、独楽がまわるかどうかたしかめることにしました。ほかに方法がないので」

　やがてすべての準備が完了。人間は外に出て、ホールに急いで設置されたスクリーンの前に集まった。プラスティックのちいさな独楽を鉄の指でつまんだロボットが一体だけなかにのこり、十秒ごとに独楽をまわしてみることになっている。

パラトロン・バリアが発生すると、ウッコマとカポは何度かスイッチを操作した。放電音が空気中に満ちる。ロボットが独楽をまわそうとしたが、まわらずに倒れてしまった。

「ここを！」カポがいくつかの計器を指さす。「ハイパーエネルギー的な特性をいくつかとらえている。全般的な閾値《いきち》はゆっくりと上昇していて、除染プロジェクターのうち二台に負荷がかかっているのがわかる。どうやらうまくいきそうだ」

ブルは司令室にいる操縦士のイアン・ロングウィンとラランド・ミシュコムとコンタクトした。

「外部パラトロン・バリアを最大出力に！　超光速航行の準備をはじめろ」

「ほかの船にも連絡しておきます」と、ラランド。「加速します」

二分後、独楽をまわそうとするロボットの試みは多少の進展を見せた。倒れる前に独楽が四、五回転したのだ。

「超光速航行に遷移できる速度に達しました」イアン・ロングウィンが報告する。ブルは安定して回転する独楽を見つめていた。

「除染に成功したようです」カポがいった。

「すばらしい」ブルは安堵の息をついた。「ここで待機して、なにか異常があれば知らせてくれ。わたしは司令室にいる。《シマロン》がどう反応するか、見ておきたい」かれは嵐のように駆けだして、数秒後にはロングウィンとラランドに合流していた。

「やれ！」と、簡潔に命じる。

両操縦士はすぐにしたがった。

「全メタグラヴ値、正常」と、ラランド。「予定どおりに加速し、妨害はありません」

ブルは思わず手をたたいた。

「超光速ファクターは五十にとどめておこう」ロングウィンがいった。「運だめしをする気はない」

「こちらもすべて正常です」船首からウッコマが報告する。「独楽も回転しています」

「注意！」シントロニクス結合体が警告した。「数秒で〝炎の嵐〟領域の仮想の境界に到達します」

「もう脱出したようなものだ」ブルが歓声をあげる。

だが、そうはいかなかった。

雷鳴が轟《とどろ》き、《シマロン》全体に衝撃が走った。照明がすべて消え、スクリーンも真っ暗になる。ハッチがみしみしときしんだ。

ようやく非常灯が点灯すると、まず制御装置の表示が復旧し、ブルはすぐに状況を把握した。

《シマロン》が通常空間に投げもどされたのだ。

いくつかの区画で警報が鳴りだす。

「初期分析です」シントロニクス結合体が報告した。「船内に深刻な損傷がありますが、大きな危険はありません。ハイパー空間で障害にはばまれました。〝炎の嵐〟領域からの脱出は失敗です。二光週の範囲が未知構造のハイパー次元エネルギー障壁につつまれていて、《シマロン》ではこれを突破できません。負傷者の治療を開始します」

「プロジェクターがすべて停止しました」ウッコマの声が聞こえた。「パラトロン・バリアが消失し、エンジンも停止しました。独楽ももうまわりません」

〝炎の嵐〟にはべつの特性があり、もうすこしでカタストロフィが生じるところだった。

ブルは心中で悪態をついた。

＊

ベオドゥの最初の予知夢の再構成

ベオドゥは困惑して、かぶりを振る。このままおのれのみで行くべきだろうか？

きた道を引き返すと、いびつな樹の幹にぶつかった。かたい樹皮が痛い。恒星ウンブリルの輝く青空から円錐形の葉がふわりと落ちてきて、鼻先の口吻をなでた。腹が立ったかれは顔の前に手をやり、突然、つながりに気づいた。

ワキアンは重要ではなかった。かれは、偽のオンドルムのマスクをかぶり、陰にひそんでいるのだ。そして本当の友オンドルムは、ジュアタフ・ロボットのビルゲロンの陰にかくれている。そうするしかなかったのだ。かれらはみな、自分と偽りのゲームをしていて、いまもどってきた現実から、自分を引きずりだしていたのだ。

ベオドゥは嘆息して周囲を見まわした。右方には〝裏切りの砂漠〟がひろがっていて、左方には〝真実の山々〟がそびえ立っていた。そのあいだで〝とまどいの湖〟の水が、〝洞察の岸辺〟の角ばった石と戯《たわむ》れていた。

山が砂漠のなかに滑りこんでいる。ベオドゥは、このふたつの光景を同時におなじ場所から見つめていた。そのふたつはそれぞれ異なる存在レベルにあったが、おたがいを認識している。だが、ベオドゥの存在はわからないようで、かれに目を向けることはいっさいなかった。

オンドルムが〝真実の山々〟からおりてきた。ワキアンは〝裏切りの砂漠〟から、オンドルムへと接近する。両者は手をとり合った。

「わたしはあなた。あなたはわたし」オンドルムがいった。

「そのとおり」ワキアンが返事をした。「わたしはあなた。あなたはわたし」

「それで、そっちはだれだ？」オンドルムは振り向き、ベオドゥをさしめした。死んだ友の指が何キロも伸びてそのからだにとどき、力強くたたかれた。

「この者が殺害者だ」ワキアンは低い声でいった。「つねに三番めが必要だ。あなたもわかっているだろう」

「つねに三番めが必要」オンドルムがくり返す。

指が痙攣《けいれん》するように動いた。

「これが〝完結の時〟なのか？」オンドルムは誇りと好奇心で鼻先を突きあげた。ベオドゥにはこのしぐさの意味がよくわかった。惑星ヴェンの、かれの種族のしぐさだったから。

恒星ウンブリルの光が暗くなり、ついにドゥファーソンの地からその姿を消した。それでもしばらくほんのりと明るかったため、ベオドゥは幽霊のような光景を眺めつづけることができた。

ふたりはたがいにほほえみあっていた。山々と砂漠という遠くはなれた場所でありながら、それは同じ場所でもあり、触れ合うことはないがとても近くにいる。

突然、両者のからだから青白い光が放たれた。まずワキアンが力なく地面に沈みこみ、オンドルムがつづいた。

ベオドゥは死んだふたりのところに向かった。恍惚《こうこつ》となりながら死んだ友をかかえあげ、湖まで引きずっていった。道のりは長かったが〝とまどいの湖〟はかれを憐れみ、かなりの距離をこえてかれを出迎えてくれた。冷たい水がなかば硬直した死体を飲みこむと、アッタヴェンノクはふたたび解放された気持ちになった。

こんどはワキアンを運ぶためにきた道をもどったが、ワキアンは目の前で跳びあがり、笑いながら走り去った。すぐそばの山をよじ登り、尖った峰で立ちどまった。あざけるような顔で見おろして笑う。

「わたしをかんたんに殺せるとは思っていなかったはず！　ワキアンには多くの命がある」

笑い声がさらに大きくなる。〝真実の山々〟を崩し、〝裏切りの砂漠〟の砂をかきたてる。〝とまどいの湖〟に大波が生じ、すべてを洗い流した。

荒れ狂う波のなかに、死んだ友、オンドルムの硬直したからだが見えた。アッタヴェンノクは原初の混沌とした力のなかに身を投じた。水に対する生来の恐怖心は消え去っている。なにをすべきかはわかっていた。こんなふうに友を終わらせるわけにはいかない。

ベオドゥはあらたな力に目ざめた。ドゥファーソンの地から最後の光が消えるころ、かれはオンドルムのところにたどり着いた。多関節の腕と頭の両翼で死体にしがみついたが、死体はすぐに渦巻く水の深みに引きもどされる。それでもアッタヴェンノクは手をはなさなかった。恒星ウンブリルの光の下でこれ以上さまようより、死者とひとつになりたかったから。

頭部にはげしい衝撃を受け、かれはよろめいて、ワキアンの顔を見つめた。

「もう安らかに死なせてくれ」ベオドゥは嘆いた。

「きみはそうしたいかもしれないがね」ペリー・ローダンは力強く握るちいさな友の手をそっとはなした。

*

ベオドゥの二度めの予知夢の再構成

ベオドゥは長椅子に横たわって目を閉じた。夢を見たいのだが、心の目にうつるのは実際に目の前にいる、ロボットのツェットだけだった。

幼なじみのオンドルムのことをベオドゥは考えていた。いっしょに楽しい冒険をたくさん経験し、釣りをしたり、ちいさなボートで急流を下ったりした。長いあいだ、オンドルムを思い出すことはなかった。ナコード・アズ・クールからもどったあと、友のペリー・ローダンによればかれのなかに変化が生じたというが、このときはじめてオンドルムの記憶がよみがえったのだ。残念ながら、過去に通じる橋は望ましくない白昼夢のなかにしか存在しない。

この夢を思いどおりに操ることは不可能だ。

ペリーはまちがいなく、亡霊を視る者、あるいはアフ＝メテムといっしょだ。ベオドゥはひとりで心細かった。

メエコラーからきた異人とは、グライダーのパイロットを務めたとき知り合った。当時、アンクラム星系で、青みがかったグレイの瞳に自信と揺るぐことのない意志を宿す長身のテラナーに好感をいだいたのが、すべてのはじまりだった。

実際、この異人からなにかを受けとったのだ。それがいまわかった。さらになにかを受けとって……ペリーがナコード・アズ・クールあるいはドリフェルと呼ぶ不可解な物体のなかをふたりで長く放浪したとき……自分は変わってしまった。それをきちんとした言葉にはできない。それは言葉にすると、いかにも単純で同時にまったく無意味に聞こえる、こんな言葉になった。

〝わたしは突然、すべてのベングエルとジュアタフにとって重要な存在になった〟

こう感じたことに、ベオドゥはまるで意味を見いだせなかった。その感覚はただそこにあるだけだ。さらに友ペリーの言葉が頭に入りこんできた。

〝どうか願いを聞き入れ、わたしをきみたちの第三の仲間にしてくれ〟

第三の仲間？

オンドルムはふたつのからだとひとつの顔を見せていた。ドゥファーソンの地は、ふたつのからだと三つの顔を見せた。かれ、ベオドゥはひとつの顔しか見せない。そしてペリー、ワキアンもだ。

白昼夢がやわらかな足どりで近づいてきて、アッタヴェンノクはそれに気づいた。そして抗《あらが》わなかった。それは白昼夢にならなかった。今回かれの精神を捕らえたのは、真実の夢、抑圧された記憶だった。

「どっちが先に島に着けるかな？」オンドルムが聞いた。

「こんな賭けは好きじゃない」ベオドゥは自信なくいった。「この水も好きじゃない。底が見えないから」

「底？」オンドルムは笑った。「どこの底？」

「また揚げ足をとるんだな、オンドルム。ぼくは水がこわいんだ。毎日、とくに感じることもないけど、日々ぼくたちを操っている力に似ているんだ。底知れなくて、深くて、明るくて、力強くて役に立つ」

「島まで泳ぐよ！」オンドルムは頑固にいった。「いこう！」

「ぼくは魚じゃない。ほかの波で、ぜんぜんちがう水辺で泳ぐよ」ベオドゥの言葉がドゥファーソンの地のおだやかな空気のなかでしずかに消えていった。オンドルムは湖に飛びこんだ。

裏切るのか？

途中でオンドルムが、助けをもとめて手を高くのばした。口吻を水面から突き出し、悲鳴をあげる。ベオドゥはまだためらっていた。夕暮れの空で恒星ウンブリルと衛星アクゥムがほほえみをかわしている。ドゥファーソンの地は極彩色につつまれ、平和と静寂に満ちていた。この地が若いアッタヴェンノクをもとめている。

ベオドゥは水に飛びこんだ。力つきかけたオンドルムのもとにたどり着くと、からだをつかんで引いていった。河口近くに渦があるのをかれは知らなかった。渦がふたりを深みへと引きずりこんだ。ベオドゥが懸命に水をかく。そのこぶしがオンドルムの髭《ひげ》にあたったときには、手に強い衝撃を感じた。それはたんなる事故、不幸な偶然だった。

友は深みに沈んでいった。しかし、ベオドゥのほうはしっかりとした手につかまれ、岸辺に引きずりあげられた。そこにいたのは異人だった。まちがいなく女の姿で、その女はまったく異質で、感情のない言葉で語りかけてきた。

「わたしにはあなたが必要」女はいった。「あなたもわたしが必要。全員があなたが必要……あなたが必要……いずれ、ベオドゥ」

「あなたはだれですか？」ベオドゥは大声でたずねた。「オンドルムはどこ？」

「オンドルムは死んだ」女は答えた。「わたしは死んでいる。あなたは生きている」

「ぼくのこぶしがあたったせいで、かれは水の底にしずみ、死んだ」アッタヴェンノクは嘆いた。「ぼくには混乱と真実と強さを区別できていなかった」

「強さと信仰を、混沌と破滅を、無と空《くう》を区別しなさい。大切なのは、そこからなにをつくりだすかということ、ちいさな友よ。〝成熟の時〟が近づいたら、わたしの言葉を思い出すはず。そのとき、わたしがしたことを感じとれるようになる。そうすれば、わたしが何者で、わたしがなにをしなくてはいけないのかわかるでしょう」

意識のある夢は終わった。アッタヴェンノクはそれが、自分が望んでいない白昼夢や日常生活のなかで抑圧してきた、明確な記憶であることを悟った。

こうして気づいたことは、最近の白昼夢の解釈には役にたたなかった。現在の不可解なものを伝える隠し絵を、この気づきで説明することはできなかった。

ペリーはどこにいった？

ベオドゥは孤独だった。十二本の触腕を使って回転しているツェットがにくらしくなってきた。

過去の女の姿。あれはだれだったのだろう。メエコラーの友が話していたエスタルトゥではない。エスタルトゥはタルカンにもメエコラーにも存在しなかったのだから。

そもそもエスタルトゥは存在したのだろうか？

〈ヒルダルはするといっている。わたしの救世主の具象。わたしはその従者であり、機が熟すまでそれは変わらないだろう〉

4

「夢をそこまでくわしく説明する必要はなかったんじゃないか」ペリー・ローダンがいった。「わたしは充分によく知っている」

「あなたはそうだろう」アッタヴェンノクが反論する。「だが、アトランはちがう。かれにもくわしく知ってもらい、わたしの生涯にとってきわめて重要な関連性を理解してもらうのは、大切なことだ」

ベオドゥはすっかり変わっていた。身のこなしだけを見ても、まるで重荷をおろしたかのようだ。

「わたしはつねづね夢に悩んでいた。とりわけ、夢が理解できず、どこからくるのかわからないことに」

「いまはわかるというのか？」テラナーが疑わしげにたずねる。

「そのとおりだ」と、ちびのアッタヴェンノク。「まず、もっとも重要な関係性をはっきりさせておこう。わたしの夢は実体験と想像と、遠い昔にあたえられた、かくされた知識の混合物だ」

「あたえられた？　だれから？」アトランも疑わしげな口調になる。

「エスタルトゥからだ」ベオドゥはそう主張した。

「意外ではないな」と、ローダン。

「惑星ヴェンにいた若いころ、オンドルムという友がいた。かれは死んだ。わたしの目の前で溺れて、わたしはそのことに重い罪悪感を持っていた。夢のなかでわたしはかれと、ワキアン、あなたと、ジュアタフ・ロボットのビルゲロンを混同していた。不正なゲームに巻きこまれて現実から引きはなされたと信じていたのだ。実際には、わたしを現実から引きはなしたのはエスタルトゥだった。記憶の一部を消し、かわりにべつの知識を植えつけた。ただ、エスタルトゥはわたしがそれをすこしずつ認識するようにしむけた。わたしを苦しめたくなかったから。それでも、彼女には助手が必要だった」

「なるほど」と、ローダン。「〝真実の山々〟、〝裏切りの砂漠〟、〝とまどいの湖〟、〝洞察の岸辺〟、そのすべてがきみの真の精神状態の隠し絵だったわけだ」

「山々には登れなかった」ベオドゥがいう。「真実はまだ、わたしに対して閉ざされていたから。砂漠を恐れたのは、エスタルトゥを裏切ってしまったのかもしれなかったから。彼女がまだ存在しているとはだれも思っていなかった。オンドルムが溺れた湖はわたしの魂をとまどわせた。せまい〝洞察の岸辺〟に到達することは許されなかった」

「つづけろ！」と、アトラン。

「そこにはつねに第三者がいた」と、アッタヴェンノク。「背後にある基本原理はエスタルトゥの再融合だ。第三者は触媒、ヴェンノク……あるいは、わたしだ。ワキアン、あなたは夢のなかで融合するふたつの意識の片方を演じた。あなたは死んだあとも生きることを許され、ベングエルとジュアタフがほんとうには死んでいないことをしめす。あれは〝二重自殺〟ではなく、〝二重融合〟だった」

「第二の夢は事実上同じ関係性を、似たようなかたちで再現したものだったわけか」ローダンが声に出して考える。

「それだけではない」と、ベオドゥ。「あれはわたしとエスタルトゥが真に出会った記憶の断片だ。彼女はオンドルムの死というわたしの精神的な弱点を利用した。接吻を通じて、彼女の意志をわたしに植えつけた。だからわたしはストレンジネスの変化に免疫があり、ベングエルとジュアタフが融合する最初の夢を見た。そもそもわたしが夢を見るようになったのもそのせいだ」

「ほんとうにエスタルトゥとの出会いをおぼえているのか？」ローダンがたずねた。

「完全なエスタルトゥではない。ヒルダルは、本人もいっていたとおり、短命な断片にすぎない。だが、それはたいしたことではない。重要なのは、機が熟するのが迫っていることだ」

「つまり、エスタルトゥは生きている」と、アトラン。

「無数のベングエルとジュアタフのなかに」ローダンがつけくわえた。「機が熟したとき大規模な再融合が起きて、エスタルトゥが真に再臨するということ」

「いささか大胆な推測ではないか？」アトランが友にいった。

「そうは思いません」ローダンが考えながら答える。「付帯脳はなんといってます？」

「基本的にはきみに同意している」アルコン人はひそかに微笑した。「ただ、いまは目の前にある危険、アフ＝メテムの〝炎の嵐〟の心配をすべきだそうだ」

「それは同意せざるをえませんね」

「夢が今後もわたしにとり憑《つ》いたままだとは思えない」と、ベオドゥ。「エスタルトゥは夢を通じて暗示的に、わたしと、ワキアン、あなたに話しかけていた。夢はあなたを助けようとして、実際、結果的にそうなった。その時期はもう終わったと思う」

「だが、争いはまだ終わっていない、ベオドゥ。〝炎の嵐〟はまだ荒れ狂っているし、ハンガイ銀河の最後のクオーターはまもなくわたしの故郷宇宙に転移するだろう」

「わかっている」ベオドゥは口吻のある頭を一瞬だけ前方にかたむけた。「いま、なにがしたい？」

「まずはドリフェル・カプセルが探知データをどう分析したかを見てみたいな」ローダンが答えた。

＊

「《ナル》とわたしは時間を有効活用しました」《レダ》が自発的に報告した。「まだ完全な全体像はつかめていませんが、興味深い一連のデータがとれました」

「聞こう」と、ローダン。

「われわれがダオ＝バン星系に出現し、ふたつの小惑星に接舷したことは、当然、ハウリ人に気づかれています。惑星ヴォンタルド上空の監視艦隊は明らかに、惑星の防御に全力を注《そそ》ぐでしょう。敵宇宙船の数も確定しました。四百三十二隻です。このデータは絶対に確実です」

「惑星ヴォンタルドに関する報告は？」と、アルコン人。

「大気はなく、直径は四千キロメートルほどです」答えたのは《ナル》だったが、同じことだ。両ドリフェル・カプセルのどちらでも聞くことができる。

ローダンもアトランも、《レダ》と《ナル》がとっくに合意して、詳細を共有していることはわかっていた。

「表面上、ヴォンタルドはまったくおもしろみがありません。ヘクサメロンの信者にとってはそれが決定的要因で、あそこに重要な基地を設置したんでしょう」

スクリーン上に惑星表面の映像があらわれた。たしかにルナによく似ている。

「高度な探知システムを持たない者なら、ヴォンタルドにはなんの興味もしめさないでしょう。瞬間的な強い放射はありますが、感知するのはかんたんではありません」《レダ》はデータを色分けして表示した。ハウリ艦はブルーの光点、惑星は明るい円盤で、その中間にさまざまな色彩が、厚さ三万キロメートルのひとつの球殻となって揺らめいている。

〝放浪者〟と〝浮浪者〟が惑星表面から現在どれだけの距離にあるかといったデータは、わきのスクリーンに表示されていた。惑星はまだ両ドリフェル・カプセルから五百万キロメートル近くはなれている。ハイパーエネルギー迷走放射は三万五千キロメートルくらいまでしかとどいていない。

「つねに変化する迷走フィールドの隙間を利用しました」《レダ》が説明をつづける。

「映像はまだ不完全ですが、結果は明確です」

ヴォンタルドのあらたな映像が表示された。惑星の地表から五百キロメートルほど下にふたつ、ソラマメ形の部分が見える。ひとつは黒、もうひとつはグレイだ。

「黒い部分をアクティヴA、グレイの部分をパッシヴBと呼んでいます」《ナル》が説明する。「名称からも明らかなとおり、〝炎の嵐〟の制御システムはこのふたつの部分に存在しているはず。ただ、作動しているのはアクティヴAだけです。この領域の周縁部、最大で二十キロメートルが、ハイパーエネルギー迷走放射の起点になっています。

パッシヴBはアクティヴAと同じものですが、こちらはエネルギー的に静止しています。《レダ》とわたしの意見では、予備システムと考えられます」

「〝炎の嵐〟はほんとうにそこから制御されているのか？」ローダンがたずねた。「これは重要な点だ」

「その点に疑問はありません」と、《レダ》。

「だとすると、ヴォンタルドのデータがいよいよ重要になる」

「好奇心は理解できますが、見当ちがいです」

「なぜだ？」

「ハウリ人のバリアを突破できる、合理的な可能性がありません。それだけではなく、ヴォンタルドとその周辺空間はハイパー放射のせいで、あらゆる生命体にとって致命的です。このことはハウリ人もわかっています。だからこそ、ヴォンタルドから四万キロメートルもはなれて、安全な距離をとっているのです。惑星上の施設は完全に自動化されているか、ロボット施設でしょう。現在、ヴォンタルドに生命体はいっさい存在しないはずです」

映像がさらにはっきりした。

ちょうどそのとき、保留になっていた《シマロン》とのあいだのハイパーカム回線が息を吹き返した。

「試みはすべてむだでした」レジナルド・ブルが青い顔で報告する。「超光速航行で〝炎の嵐〟の影響を脱することができると考えましたが、影響範囲から出られませんでした。境界ゾーンが突破できないんです」

「《ツナミ＝コルドバ》のATGをためしてみろ」ローダンが絶望している友に告げる。

「それはわたしも考えました」ブルが顔をしかめる。「《シマロン》は超光速航行中、目に見えない障壁にぶつかりました。ATGフィールドを使った《ツナミ＝コルドバ》も似たような結果です。〝炎の嵐〟領域からは、そうかんたんに抜け出せないようです」

「いい知らせではないな」と、アトラン。「こちらも多かれすくなかれ足踏み状態だ」

「ラトバー・トスタンのスヴォーン人の友、ポージー・プースによると、あれは一種の人工小宇宙のようです。わたしがハンガイ銀河の第二クオーターで出くわした、折りたたみ時空みたいなものです。ただちがうのは、この構造障壁がどんなオーヴンや電子レンジより効率がいいってことでして。赤いハイパー嵐と戦ってますが、いまはそれがぎらぎらしたオレンジ色になってます。脱出できそうな道はまだ見つかりません」

「できるだけのことはする」ローダンが力づける。「べつの方法を探るんだ。こちらはまだ、どれだけ時間がかかるかはっきりしない」

「なにかやるつもりなんですかい？」その口調から、ブルが大いに心配していることがわかった。

「なにかやるつもりだ」アトランが決然という。

「ヴォンタルドに向かう」と、ローダン。「〝炎の嵐〟はそこでしかとめられない。またあとで話そう」

　ブルは短く手を振って通信を切った。

「ヴォンタルドには行けません」《レダ》が責めるようにいう。「希望的観測にすがっているんでしょうが、《ナル》とわたしでは侵入者を破壊するための武器をそなえた四百三十二隻のハウリ艦に対抗できません。先に敵艦隊をどこかにおびき出す必要があります。そのあと、ヴォンタルドとその周辺に生命が存在するのを不可能にしているハイパーエネルギー迷走放射を無害化しなくてはなりません。そうしてから……」

　アトランの目がきらめいた。

「決めるのはペリーかわたしだ。きみたちの人工脳が働いていなくても、われわれの脳はちがう」

「それはいいすぎでは？」《ナル》が文句をいう。

「よくいってくれました、アルコン人の王子」と、ローダン。

「もちろんだ、蛮人。いまのようなきみの姿を見るのは久しぶりだ。なにかやるのだろう？」

「なにかやります。この危機的な状況で、ヒルダルのような、あるいは〝それ〟の具象のベネカー・ヴリングのような、よくわからない超越的な存在にたよる気はありませんから。かれらの力はわれわれよりも上ですが、欠点も明らかです。かれらはこの世界に属していない。ここはわれわれが決断し、行動すべきです」

「あなたたち、多幸感で判断がおかしくなってるわ」バス＝テトのイルナが冷静に指摘した。「《ナル》のいうとおりよ。《レダ》の判断も同じはず」

「アクティヴA領域に行けば〝炎の嵐〟はとめられるのだから、ヴォンタルドに行くしかない」ローダンがいいかえす。

「ひとりでか？」アルコン人は首を横に振った。「そんなことはさせられない。わたしもいっしょに行くか、どちらも行かないかだ」

「あわてないでください」ローダンがひとさし指をのばし、通信機の画面に突きつけた。

「ひとりで行くとはいっていません。あなたもいっしょです！」

「有機生命体はヴォンタルドに存在できません」《レダ》が頑固にくり返す。「まずハイパーエネルギーを不活性化しなくては」

「話が逆だ、クエリオンのレディ」ローダンが反論した。「ハイパーエネルギーと〝炎の嵐〟を不活性化してこそ、銀河系船団の者たちとベングエルとジュアタフがふたたび生きられるようになる。それにきみはネット・コンビネーションの防御力を過小評価している。われわれ、ヴォンタルドに向かう！」

「わたしを忘れるなんて、どうかしてます」イルナがうめくようにいった。

「わたしも行く」と、アッタヴェンノクのベオドゥ。

「わかっていないようだな」ローダンがきっぱりと告げた。「行くのはアトランとわたしだけで、ほかの者はだめだ。きみたちもシントロニクスも、そう思っていたのではないのか？」

「われわれの助けなしで、どうやってヴォンタルドに行くつもりです？」《レダ》と《ナル》が同時に皮肉っぽくいった。「ネット・コンビネーションの防御があっても、惑星には到達できませんよ」

「その心配は無用だ」と、ローダン。「いま必要なのは、アクティヴAとパッシヴBのもっとくわしい情報だ。なにかわからないのか？　情報が大雑把すぎる。二十キロメートルといったが、それは幅なのか、高さなのか？　空洞は？　重心は？　施錠は？　シャフトは？　道はひとつしかない。〝炎の嵐〟領域を消し去るのだ。ブリーの話は聞いたはず」

「われわれのデータは不完全で不正確です」と、《レダ》。「もちろん、あなたのネット・コンビネーションのピコンピュータはそれを無制限に利用できます。それが役にたつと思うなら、また、ばかげた冒険で現実を認識できないと……」

ローダンはピコンピュータが受領するデータにじっと耳をかたむけた。

「ワキアン！」ベオドゥが叫んだ。「だれかいるぞ」

アトランが頭をめぐらす。

かれのドリフェル・カプセル内にベネカー・ヴリングが立っていた。

*

「まさかここにあらわれるとは！」ローダンが大声を響かせた。「ブリーは藁《わら》の山のなかから一本の針を探すようにきみを探していた。なのにきみは数時間前のヒルダルのように、ここに姿を見せた。なにが望みだ？」

「ご挨拶だな」と、〝それ〟の具象。「どうやら、ペリー・ローダン、きみはもっと助力と情報を必要としているように見えるが」

「そうかもしれない。きょうは超越的存在のことで、いい目を見ていなくてね。自力で行動したい。なにが望みだ、ベネカー？　それとも、べつの名前があるのか？　〝それ〟はわれわれをいら立たせるため、きみになにを持たせて送り出した？」

「意欲はあるようだな」ベネカー・ヴリングはおちついている。「いいことだ。レジナルド・ブルはかれの問題を解決しなくてはならない。わたしはきみとアトランに情報を提供しにきた」

「すこし遅かったのではないか？」

具象はしばらく黙りこんだ。

「きみたち超越知性体は、もう充分長くわれわれの鼻面《はなづら》を引きずりまわしただろう？」

ローダンが追い討ちをかける。「きみたちはめったにはっきりしたことをいわない。わたしはこれを、きみたち自身、望んでいるとおりには事態を動かせない証拠だと考えている。きみの主人の姉の被造物、ヒルダルはもうここにきて、わたしの友、ベオドゥを重荷から解き放った。理性的なやり方だ。きみはどうやってここにきた？　〝それ〟とコンタクトしているのか？　なにが望みだ？」

「アフ＝メテムが点火した〝炎の嵐〟の性質を教えにきたのだ」と、ベネカー・ヴリング。「この情報はとても有益だろう。〝それ〟の具象として、わたしは炎の侯爵と同じように、ほぼ自由にどこにでも行ける」

「〝それ〟とコンタクトしているのか？　この質問に答えなかったな！」

「〝炎の嵐〟は熱の罠で……」ベネカー・ヴリングはテラナーの質問に答えず、話しつづけようとした。

「コンタクトしていないのだな！」ローダンが相手の話をさえぎる。「〝炎の嵐〟がなんなのかは自力で見当をつけた。アフ＝メテムが技術的な可能性を追究してつくり出した、人工的な折りたたみ時空だ。制御システムとその予備システムが惑星ヴォンタルドに存在する。ハイパー物理的な方法で空間領域を大規模に冷却し、そこで得られたエネルギーに特殊な変調をかけているんだろう。その副作用で通常の超光速エンジンの作動を妨害し、〝炎の嵐〟領域に構造障壁を築いている。わたしはこれを宇宙の熱交換器と呼んでいる。実際のところ、それはたんなるヒートポンプ、あるいはハイパーヒートポンプだろう。論理的帰結として、わたしはこの熱交換器を停止させるか、破壊すればいい。きみにはできないようだから」

ベネカー・ヴリングは不安そうな顔になった。

「きみの考えは正しいが、完全ではない」

「話は最後まで聞け。ヘクサメロンが無数の銀河系住民とタルカン宇宙の住民を破滅させるのを、なぜ〝それ〟が許しているのか、質問してみたことはないのか？　ベングエルだけでも数百万名だ！」

「わたしは〝それ〟の一部だから、そんな質問はしない。もちろんわたし自身についても」

「してみたほうがいいぞ」アトランが口をはさんだ。ローダンの態度を明らかに楽しんでいる。

「〝それ〟はタルカン宇宙に介入しない。きみとアトランがヴォンタルドに介入しないのと同じように」具象は腹を立てているようだった。「よくおぼえておくことだ」

「充分想像はつく」ローダンは完璧に自制していた。「かれの姉のエスタルトゥは数百万の、あるいは数十億のベングエルとジュアタフのなかに分散している。彼女は再臨を待っていて、わたしは望まないイマーゴとして汚れ仕事を引き受けさせられた。いや、ベネカー・ヴリング、〝それ〟には感謝しているが、介入されるのはもうたくさんだ。わけのわからない夢想家が自分では実現できないなにかを押しつけてくる前に、わたしは自分自身の決断にしたがって行動する」

「きみはヒートポンプを過小評価している」

「熱交換器による〝炎の嵐〟のことか。ヘクサメロンの勢力の攻撃を過小評価はしていない。充分に恐れている。ヘクサメロンの手先であるアフ＝メテムの攻撃も。だが、それでも戦うしかない。エスタルトゥがもたらした幻影や夢想の陰にかくれているつもりはない」

「大胆な言葉を使うべきではない！」具象がテラナーを非難する。

「大胆な言葉には大胆な行動がともなう。ずっとそうしてきたのに、いつしか他者の行動原理にしたがうようになってしまっていた。だが、その時期は終わりだ。すくなくとも、すべてが危機に瀕しているいまだけは」

「なにが望みだ？」と、ベネカー・ヴリング。

「それはわたしがたずねたことだ」テラナーは皮肉っぽい笑い声をあげた。満足そうな響きだが、実際は満足などしていない。「きみは質問にまともに答えようとしないが、わたしからはまともな答えを返そう。望むのはここでの勝利だ。ヘクサメロンの勢力を打ち破りたい。その目的が正しいものではないから。わたしはそのために全力をつくし、アトランもならんで立っている。きみたち超越知性体にできなくても、われわれにはできるだろう。だめなら破滅するだけだ」

「じつのところ、きみはなにもする必要がない」ベネカー・ヴリングの姿はややちいさくなり、数ヵ所が透明になっていた。存在が溶けはじめている印象だ。「アフ＝メテムが熱の罠でしていることは、エントロピーを減少させている」

「エントロピーね」ローダンがあざけるようにいう。「自然法則が味方してくれると？　もちろんだ。ブリーならひとつふたつ、きみに教えてやれるだろう。この悪事をプラスティックの独楽で証明したから。アフ＝メテムも超越知性体も、好きなだけ悪事を働くがいい。いつの日か宇宙全体が、きみたちの罪を立証するだろう」

「それとはべつの話だ、ペリー・ローダン」なかば透明になった具象は動揺しているようだった。「エントロピーの減少は、その母を呼び出すことになる。彼女にはがまんならないことだから」

「スィ・キトゥを？　その名で呼んではならない娼婦カハバを？　とうとう仲間に助けをもとめるのか？　ああ、ベネカー、かわいそうに。〝それ〟のところにもどれたら、教えてやるといい」

「スィ・キトゥはエントロピーの母、熱力学第二法則の守護者だ。アフ＝メテムの悪事を許さないだろう」

「スィ・キトゥがアフ＝メテムをあしたの朝食にするというなら、異論はない」と、ローダン。「だが、わたしは自分で行動する。彼女に会ったらそう伝えてくれ。よけいな手出しはするな、とも。ほんものの宇宙はほんものの存在のもの……ヒルダルのものでも、スィ・キトゥのものでも、ベネカー・ヴリングのものでもない」

「大胆な予想だな」〝それ〟の具象は話しつづけた。「証明のしようはないが。きみがまちがっていたことは時間が証明するだろう」

「なりゆきを見てみよう」

ローダンの最後の言葉はベネカー・ヴリングにとどかなかった。すでに消えていたから。もちろん、どこかになんらかの理解しがたいかたちで存在してはいるのだろうが、ローダンは気にしなかった。

「蛮人！」アトランの３Ｄ映像が朗らかに笑った。「きみのことをこれほど気にいるのは久しぶりだ。それで、どうやってヴォンタルドに行く？」

「行けますよ」テラナーが答えた。

5

銀河系船団の士気は完全にゼロだった。ベングエル・ジュアタフ合同船団の士気はさらに低い。すでに最初の数隻が放棄され、乗員はもうすこし抵抗力の高い船に移乗していた。カタストロフィの終わりは見通せない。

レジナルド・ブルは銀河系船団のやや小型の艦十隻と、《ツナミ＝コルドバ》と《カルミナ》、それにサラアム・シインのネットウォーカー船《ハーモニー》をリンクさせ、会議を開催した。

〝炎の嵐〟領域から脱出するための最新の試みの結果が報告されると、雰囲気はさらに陰鬱《いんうつ》になった。

「アフ＝メテムはここと ダオ＝バン星系で決着をつけようとしている」ブルがいった。「慈悲もなければ、正々堂々と戦うという観念もない相手だ。どんな手でも使ってくる。ペリー・ローダンとアトランが短時間で奇蹟を起こせるわけでもない。状況報告でだいたいわかるだろうが、かれらは解決不可能な問題に直面している」

「たまにはなんか楽しい話ができないの？」グッキーがぼやいた。かれはハイパーエネルギー障壁の前に、すでに敗退している。〝炎の嵐〟領域の外にテレポーテーションできないことはわかっていたが、それでも挑戦し、構造障壁を形成しているらしいハイパー次元外殻に力ずくで押し返されたのだ。

「だが、われわれはあきらめない」ブルは無視して先をつづけた。「解決策はわからないが、べつの手をためして時間を稼ぐことはできる。シントロニクスにいくつか提案を出させ、ハイパー専門家全員に意見を聞いたが、良案はなかった。べつの方法を模索する必要があるということ」

《シマロン》の首席技師、ブルー族のヴェエ・ユィイ・リィがテラナーの横に立った。まだすこし体調が悪そうだが峠はこえたようで、話し方はしっかりしていた。

「解決策はつねにある。ポジトロニクスやシントロニクスはおろかだ。知性体には創意と決断力がある」

「よくいった」ブルが声をあげる。銀河系船団の全員だけでなく、ベングエルとジュアタフも聞いているはずだが、気にはならなかった。「わたしも考えていたことがある。高度技術が使えないなら、もっと単純な方法をためしてみよう。カポの独楽がいい例だ」

「状況はわかっています」ブルー族は皿頭を下げた。横にはかれを支持するウッコマ・

ヴァルサルが立っている。「われわれが考えるべきなのは、アフ＝メテムのトリックで〝炎の嵐〟領域に流れこんでいるエネルギーを外に追いやることです。放射源がわかれば、そこにハイパーエネルギーの鏡を設置できます」

「放射源はわかっていない」と、ブル。「加熱プロセスは直径二光週の範囲内で均等に進んでいる。そのエネルギーをわれわれに影響がない空間にそらせるようになるまで、時間を稼ぐしかない」

「理論的にはそうでしょう」と、ラトバー・トスタン。「だが、実際には不可能です」

「そんなことをいうな！」赤毛の男は憤慨した。「ATGフィールドのエネルギーはどこから得ている？ ハイパートロップ吸引装置は積んでいるし、グラヴィトラフ貯蔵庫もある。べつの時間平面では放出できないだけだ。だが《ツナミ＝コルドバ》ならできる！ エネルギーを浪費してみるべきだ！ タンクをいっぱいにして未来に行き、そこで放出する。それで〝炎の嵐〟がどうなるか見てみよう」

「炎は燃料のあるところでしか燃えない。古いアフリカの格言です」と、副操縦士のラランド・ミシュコム。

トスタンが一瞬はっとする。その横ではジュリアン・ティフラーが大きく目を見開いた。銀河ギャンブラーが不遜な口調でいう。

「名案です、ミスタ・ブル。その歳にしては、なかなかいいことを思いつくじゃないですか」

「たわごとはいい！」と、ヴェエ・ユィイ・リィ。「ブリーに刺激されて、わたしも思いついたことがある」ブルー族はそういって、司令室から飛び出していった。ブルが号令をかける。

「仕事にとりかかれ！」

三分後、首席技師がもどってきた。

「ヴァルヴを交換しました。グラヴィトラフ貯蔵庫を過負荷から保護する緊急ヴァルヴです。エネルギーは中間次元に放出されます。同時にウッコマ・ヴァルサルが吸引装置でエネルギーを充塡しますが、吸引はハイパー空間からではなく、周辺の通常空間で実行します」

ブルは息を荒らげたが、なにもいわなかった。光学スクリーンにうつる赤みがかったオレンジ色のゆらめきは、警告としては充分だ。

外部の状況の変化がはっきりしたのは十五分ほどあとだった。そのあいだに《ツナミ＝コルドバ》は百回以上もエネルギーを放出した。ブルはこの〝浪費〟に心を痛めたものの、たぶんこれがかれのいう〝目玉焼き問題〟に対する回答のひとつになる。

背景温度の上昇が緩やかになり、やがて完全に停止した。だが、それ以上はどうにもならない。アフ＝メテムが送りこんでくるエネルギーが大きすぎるから。

「これが限界です」ヴェエ・ユィイ・リィがいった。「アンブッシュ・サトーの話では、調査団の二百メートル級宇宙船のグリゴロフ・エンジンでも同じことができるそうです。モットーは〝エネルギーの浪費〟です。たとえ心が痛むとしても」

「パラトロン・バリアも一定のエネルギーを浪費するよう設定できます」と、《ラクリマルム》の一技師が提案する。

「すでにやっています」同じくタルカン遠征隊の一隻、《カシオペア》が報告した。

十二隻の宇宙船はあらゆる手を使って、貯蔵しているエネルギーをハイパー空間に放出し、同時に吸引装置で周囲の通常空間から貯蔵庫にエネルギーを充填して、〝炎の嵐〟の火勢を弱めていった。

ほっとしたのはたしかだが、危機的な状況に変わりはない。炎の侯爵はいまも理解不能なマシンを使って、〝炎の嵐〟領域にエネルギーを送りこみつづけている。赤みがかったオレンジ色の輝きは徐々にその赤みを増していた。

一時間後、ブルのアイデアでは膠着《こうちゃく》状態以上に事態を改善できないことがはっきりした。大きな成果ではあるが、死の罠から脱出することはできない。

ブルはローダンに呼びかけたが、《レダ》も《ナル》も応答しなかった。《シマロン》のシントロニクス結合体から、あらゆる手段でエネルギーをハイパー空間に放出しているにもかかわらず、外のエネルギーが再上昇していると報告があり、かれの不安は大きくなった。

アフ＝メテムがブルの行動に対抗してきたのだ。敵のエネルギーはまさに無尽蔵のようだった。

「あきらめないぞ」ブルは歯を食いしばった。「ペリーとアトランに期待する」

＊

アトランはバス＝テトのイルナの抗議を無視して《レダ》に移乗した。ベオドゥは気にいらないようだが、以前より自信をつけたようにも見えた。

「見たところ、なにか企んでいるな、蛮人。付帯脳がいくつかヒントをくれたが、なにをする気なのか、きみの口から聞きたい」

　ローダンは惑星ヴォンタルドの映像を指さした。

「アフ＝メテムは〝炎の嵐〟領域で決着をつけるつもりでしょうが、わたしはここで決着をつけます。ハンガイ銀河の最後のクオーターの転移は目前に迫っていて、どうやら向こうはなにもできないらしい。だから手のとどく範囲を破壊しつくそうとしているんです」

「弱さのあらわれだな」と、アトラン。

「そうだといいんですが」ローダンは苦笑した。「正直、どうもおちつかなくて。とはいえ、スィ・キトゥなどの理解できない存在が奇蹟を起こすのを待つ気もありません。ほんとうにエスタルトゥが再臨するなら、奇蹟はそれで充分です。いまは事実が必要で、それを成し遂げるつもりです」

「協力しよう！」

「それはうれしい」ローダンは重荷が軽くなったという顔をした。「ただ、予想どおりでもあります。われわれ、道を違《たが》えることも多々ありました。ときには敵対することも。七種族の公会議時代のことを思い出します。今回はいっしょに行動できますが、イルナの抗議に耳を貸さなかったのは、旧友、いかにもあなたらしい」

「けっこう。それで、計画は？」

「ダオ＝バン星系にはデブリや宇宙塵や小惑星がたくさんあります」ローダンが探知スクリーンを指さしていう。「それらは縦横無尽に動きまわっていて、軌道はばらばらです。ちいさな恒星系ではめずらしいことではありません。ヴォンタルドを周回しているハウリ艦隊も、そういうちいさなゴミには目もくれません。実際、この目で見てきました。ドリフェル・カプセルはいおうとしませんが」

「では、付帯脳はまちがっていなかったわけだ」アトランは友の両肩をつかんだ。「宇宙塵を利用して目をくらませ、ハウリ人を出し抜くつもりだな？」

「そのとおりです。ヴォンタルドを中心とした直径四万キロメートル以内では、有機生命体は生きられません。《レダ》と《ナル》はそういっています」ローダンの鋼のようなグレイの目が光る。「わたしはネット・コンビネーションを信頼しています。もっと長い距離も、もっとひどい地獄も、これで切り抜けてきました。重要なのはだれも、支配者ヘプタメルもアフ＝メテムも、そんなことをする者がいると思っていない点です」

「〝炎の嵐〟の制御施設を破壊するつもりなんだな？」

「もちろんです、アトラン。アフ＝メテムを永久に排除したいところですが、炎の侯爵は強大すぎます。スィ・キトゥが介入するかどうかもはっきりしません。直径二光週の空間など、宇宙的な基準から見れば無のようなものです。そこで多少の無秩序が生じたとしても、宇宙全体のエントロピーにはなんの影響もないでしょう」

「理解できない勢力が介入したとしても、わたしは気にしないな」アトランが正直にいう。

「わたしもです。ただ、かれらがなにを考えているのかはわかりません。狂気じみた悪事に対しては、自分の考えで対処したい。われわれが行動しなければ、アルコン人、だれがやるんです？」

「わたしはやるがね」

「小ぶりの小惑星を選んで、しがみつきます」ローダンは計画をくわしく説明した。

「カプセルは牽引ビームを反転させてそれを加速させ、ヴォンタルドのほうに押しやります。ハウリ艦隊のなかを突っ切るかたちで。かれらは気づいても放っておくでしょう。めずらしいことではないし、施設に被害がおよぶこともありませんから。探知機のデータ分析によると、施設は地下深くに存在します。カプセルはイルナとベオドゥといっしょに、〝放浪者〟と〝浮浪者〟に置いていきます。介入に失敗した場合の予備ということ。小惑星が地表に衝突して粉々になる前にグラヴォ・パックを使って離脱し、アクティヴAかパッシヴBへのアクセス経路を探します。あとは状況しだいですね」

「イルナのいうとおりだ」と、アトラン。「こんなばかげた話は聞いたことがない。自殺のほうがまだましだ」

「あなたが行かなくても、ひとりで行きますよ」

「それはだめだ」アルコン人は顔をこわばらせた。「きみの面倒を見なくてはならないからな」

＊

《レダ》と《ナル》はふたりが準備をしているあいだに適当な小惑星を探した。同時にローダンの要請で、ヴォンタルド内部のふたつの対象を引きつづき探知する。施設のようすが徐々に判明し、アクティヴAとパッシヴBが完全にそっくりであることがわかった。

《レダ》と《ナル》は抗議するのをやめ、命知らずな任務の準備を全面的に支援した。あらたに得られたヴォンタルドのデータはすべてネット・コンビネーションのピコンピュータに転送された。地下施設の配置図も、まだ不完全ながら、はじめて表示された。イルナもここにいたって、アトランをとめられないことを認めるしかなかった。彼女は《ナル》にのこり、ベオドゥは《レダ》にのこる。

「アクティヴAの内部にはなんのエネルギーもないようです」《レダ》が報告した。「ただ、実際にどんな環境なのかはわかりません。なかに入れるのかどうかも不明です。長短さまざまなシャフトが何本か、地表から地下のステーションにのびているのは探知しましたが、問題は周縁ゾーンです」

「なぜ周縁部が問題なんだ？」アトランがたずねる。

「ハイパーエネルギー放射がとりわけ強く、どんな副作用があるか予想できません」

「注目！」《ナル》が叫んだ。「一小惑星を探知しました。こちらに急接近しています。映像を出します」

一スクリーンが明るくなる。最初はタルカン宇宙のどす赤い背景光が見えるだけだったが、やがてほぼ球形の岩塊が見えるようになった。

「直径二十二メートル」《ナル》がデータを提供する。「組成は岩石と鉄とニッケル。表面にいくつか、ちいさなクレーターと亀裂があります。気にいりましたか？」

ローダンとアトランは視線を交わし、どちらもうなずいた。

「了解」と、《ナル》。「これを捕まえるなら、あまり時間がありません。危険もあります。《レダ》とわたしで強力な牽引ビームを使用しなくてはなりませんから。悪くするとハウリ人の注意を引くことになります」

両ドリフェル・カプセルはどうにか数分で小惑星を制御下に置き、速度を落とさせた。ローダンとアトランは無言でそのあとを追い、岩塊が《レダ》の近くにある〝放浪者〟にしずかに接触するのを待った。

「外に出て確認してくる」と、アトラン。

「あの小惑星を〝キャノンボール〟と命名する」ローダンがいった。「時間がない。あれを使いましょう」

「原則的には賛成だが」アトランがそういいながらエアロックの外扉を開ける。「なぜその名前なんだ？　古い英語で、砲弾のことだろう」

「そうです。子供のころからある物語で、ミュンヒハウゼン男爵が砲弾に乗って敵をやっつけたり、脱出したりするんですよ。くわしくはおぼえていませんが。問題ありますか？」

「とくにない」アトランは無重力状態になって〝放浪者〟にとりついた。「きみの精神状態が気になっただけだ」

ローダンはなにもいわず、友がもどってくるのを待った。

「キャノンボールはいい状態だ」もどってきたアトランがいった。「これならチャンスがあるだろう、ミスタ・ミュンヒハウゼン」

「ベオドゥ」ローダンはアッタヴェンノクのほうを向いた。「しばらくお別れだ。アトランとわたしが迷走放射ゾーンに入ったら、通信もできなくなるはず。陣地を守れ！　イルナとよく相談しろ。彼女もアトランがいなくて、きみと同じくらい寂しいはず。それ以外は《レダ》をたよれ」

「用心しよう」と、ベオドゥ。「だが、もしヒルダルかベネカー・ヴリングがまたここにあらわれたら、どうすればいい？」

「そういうことは起きないだろう。わたしがいまのところ超越知性体のやり方を好んでいないことは、はっきりと伝わったはず。その線でなにかあったら、きみがいいと思うように行動しろ」ローダンは特殊装備を手にとった。「通信接続は維持する、《レダ》。それ以外はきみがたよりだ。そちらからの連絡に返事はできない。ハウリ人の監視艦隊に探知されたくないから」

「了解」返事はそれだけだった。かれらに対する不満の表明だろう。

テラナーとアルコン人はキャノンボールに向かい、亀裂やクレーターに足をかけてからだを固定した。アトランは《カルミナ》から持ってきた大きな特殊背嚢《はいのう》を背負っている。

　亀裂が走る窪みをこのあと数時間待機する場所に定めると、ローダンは最小出力のテレカムで《レダ》に連絡した。

「準備完了。発射しろ！」

「安全とはいえません。押し出しビームは当然ヴォンタルドに向けますが、軌道上にはハウリ人がいます。《ナル》はキャノンボールを加速させるため、〝浮浪者〟の陰から一時的に出なくてはなりません」

「わかっている」ローダンは計画をいっさい変更しようとしなかった。「問題が起きたら独自に行動しろ。アトランとわたしは防御されていることを忘れるな。《ナル》ときみがわれわれを窮地から救うのは、ほかにどうしようもない場合だけだ」

「加速時間は約三分です」と、《レダ》。「キャノンボールは〝放浪者〟に随伴しているため、ダオ＝バン星系に対してすでにかなりの初速を獲得しています。すべて予定どおりに進んだ場合、ヴォンタルド到着は五時間後になります。惑星の重力に捕捉されるため、終端速度はほぼ秒速千メートルです。キャノンボールからはなれるタイミングをまちがえないでください」

「アラームをセットしておこう」ローダンがそういったとき、はげしい衝撃が小惑星を押しやった。ネット・コンビネーションが大きな加速度をほぼ完全に相殺《そうさい》する。それでも速度があがっていく感覚はのこった。

三十秒後にはもう〝放浪者〟が視界から消えていた。《ナル》の姿も見えない。キャノンボールをさらに加速させるため、距離をとって追尾していることはわかっているのだが。

探知されないよう、通信機も沈黙したままだ。

やがてようやく、《ナル》のおだやかな声が響いた。

「加速を終了します。コースの最終調整も終えました。まっすぐヴォンタルドに向かっています。わたしは〝浮浪者〟にもどります。幸運を!」

ローダンが応答しようとしたとき、アトランが力強くかれの腕をつかみ、首を横に振った。空いているほうの手で赤黒い宇宙空間をしめす。

ローダンにもすばやく動くちいさな光点がわかった。遠い恒星ダオ＝バンの光を受けて鈍く輝いている。

「あれがハウリ人の宇宙船でなかったら、あすの朝食にキャノンボールを食ってやろう」アルコン人がいった。

「なにかに気づいたようだ」ローダンは悪態をついた。「ヴォンタルドをはなれて、〝放浪者〟と〝浮浪者〟のほうに向かっています。あとはカプセルの行動しだいですね」

「自力でなんとかするだろう」と、アトラン。「だが、キャノンボールに気づかれたら、だれがわれわれを助けるんだ？」

「われわれ自身ですよ。ほかにいますか？」

ハウリ艦の光点はたちまち視界から消えていった。ドリフェル・カプセルの声が通信機から聞こえ、ふたりは無言で顔を見合わせた。

6

《レダ》と《ナル》は通信機を使ってちょっとした陽動を実行していた。そのあまりの自然さに、ペリー・ローダンは思わず笑みを浮かべた。ドリフェル・カプセルの意図は明らかだ。ハウリ人の注意をふたりから引きはなすため、囮《おとり》になっている。

ゲームの開始は《ナル》からの暗号化メッセージだった。もちろんローダンとアトランには理解できる。

「高速でこちらに接近する宇宙船十二隻を探知した」

「解読できない」《レダ》が平文で応答。「デコーダーの故障だ。再送を！」

《ナル》はあわてている、ほとんどパニック寸前の操縦士をよそおって、平文でメッセージを再送。

「了解」と、《レダ》が応答する。あわてたようすはもちろんハウリ人にも伝わるだろう。「こちらの探知機にも反応があった。この場をはなれてそちらと合流する。本隊に連絡して、ダオ＝バン星系には敵が進出しているとチーフに伝えてもらいたい。偵察任務は中止だ。敵の数が多すぎる」

《ナル》は暗号化したハイパー通信メッセージを適当な方角に向かって送信し、《レダ》が暗示した印象を強化した。かれらは小規模な偵察部隊で、〝チーフ〟はべつにいて、どこかに〝本隊〟が待機しているという印象だ。

ハウリ人は戦力を浪費しないよう警戒するだろう。優先任務は惑星ヴォンタルドの地下施設の防御だから。

「撤退は不可能だ」《レダ》の声がつづく。「分断された」

「不器用な機動をするからだ」僚船が叱責する「内惑星方向に回避しろ！」

ローダンはすでにドリフェル・カプセルの狙いを見抜いていた。ダオ＝バン星系からはなれてもなんにもならない。だが、戦闘になるのも困る。ほぼ確実に破壊されてしまうから。

「恒星に向かう」《ナル》が焦《あせ》った声でいう。「本隊との連絡は途絶えるが、当面、そこなら安全だろう」

「こちらは攻撃を受けているが、そちらのあとを追う」と、《レダ》。

ローダンとアトランには、実際になにが起きているのかわからなかった。すでに大きく距離がはなれていて、さらにはなれつづけているのだ。

わずかな間があって、《レダ》からヒントがとどいた。

「追跡されているが、なんとかダオ＝バンのコロナのなかにかくれられそうだ。そこで本隊の到着を待つ」

通信機が沈黙した。

「うまいな」と、アルコン人。「ハウリ人は通信傍受を強化して宇宙空間に向け、あらわれることのない船団を待ち受ける。われわれは大いに時間が稼げる。まさに必要としているものだ。その間にミュンヒハウゼン男爵と従者はキャノンボールで監視艦隊のラインを突破し、ヴォンタルドに着陸する」

「そううまくいくかどうかは、まだこれからです。いずれにせよ、これで孤立無援ということ。緊急事態になってもドリフェル・カプセルと連絡はつきません」

「想定内だろう、ペリー。ヴォンタルドでは地獄のハイパーエネルギー・スペクタクルが待っているはず」

ふたりは黙りこんだ。航行データをシミュレートしているピココンピュータだけが、ときおり現在の速度や、ハウリ人艦隊と目的地までの距離を知らせてくるばかりだ。

時間は刻々と過ぎていく。思ったとおり、《レダ》と《ナル》からはなにも連絡がなかった。レジナルド・ブルのかすかな呼びかけが数回聞こえたものの、それに応答する声は聞こえてこない。すくなくとも《シマロン》がまだ存在していることはわかった。

ローダンのピココンピュータが次の重要な段階にさしかかったことを告げた。数秒後にハウリ人の監視艦隊の哨戒線に到達する。

大きな危険を冒しながら、かれらは防御システムを切っていた。放射がハウリ人に探知されるかもしれないから。その一方、ヘクサメロンの信者がキャノンボールを攻撃してくる可能性も排除できなかった。まっすぐヴォンタルドに向かっているのは、放浪小惑星の軌道としてはいささか不自然だ。

すべて偶然ともいえるし、《レダ》と《ナル》もハウリ人が小惑星に対して行動を起こす兆候はとらえていない。最終確定はできないが。

「真に危険な宙域は数分で通過します」と、ピココンピュータ。「補足される可能性はありますが、エネルギー出力をぎりぎりまで落として防御バリアを展開します。危険ゾーンに入ります」

ローダンとアトランは息を詰めた。数秒が数時間にも感じられたが、なにも起きない。待ち伏せしている宇宙船はいなかった。距離が大きすぎて、それを埋めるものは探知・監視システムしかない。

「ヴォンタルドまでの距離、三万五千キロメートル」ピココンピュータが報告する。

「危険ゾーンは通過しました。ハイパーエネルギー迷走放射の増大を感知。注意してください」

ローダンは安堵のため息をつき、友に向かってうなずいた。アトランは興奮の涙を流していた。

ローダンのピココンピュータが両名のグラヴォ・パックを作動させ、キャノンボールをすこしだけ回転させた。ヴォンタルドの地表が見え、のこりの距離も判断しやすくなる。

＊

「偏差は四度以下、ほぼ影響ありません」と、ピココンピュータ。「キャノンボールから離脱する準備をしてください」

音声は雑音がひどい。ハイパーエネルギー迷走放射の影響だろう。ハウリ人に探知される危険が低くなったので、ふたりは個体バリアを作動させた。その結果、音声通話の品質は大きく改善した。

アトランは特殊装備を背負った。

「いつはなれる？」

「遅くとも七分後までにキャノンボールからはなれる必要があります」ピココンピュータが指摘する。「その後は減速しながら地表に向かいますが、降下速度を充分に落とすためには、グラヴォ・パックの最大出力が必要です」

ふたりはうなずき合い、窪みにからだを固定していたアンカーを解除した。すぐにキャノンボールからはなれはじめる。ローダンは軌道をわずかに修正して、アトランの横にならんだ。

　眼下には大気のない惑星ヴォンタルドの地表がひろがっている。薄汚れた黄色で、クレーターだらけだ。恒星ダオ＝バンの光を受けた部分が細い三日月形になっている。着陸地点は昼の側で問題ない。どんな生命体も存在しないはずだから。

「まずパッシヴBをめざす」ローダンがピココンピュータに告げた。「案内をたのめるか？」

「最初の探知結果はもう出ています。パッシヴBもすでに探知しました。ただ、ヴォンタルドには《レダ》と《ルナ》が見逃した大規模な地下施設が存在します」

「それは驚きだ。まちがいないのか？」

「わかりません。わたしの探知結果と、アトランのコンビネーションのそれを比較したところ、パッシヴBとアクティヴAの位置しか一致しませんでした。わけがわかりません」

「わたしはわかる」と、アトラン。「付帯脳にはわかるというべきかな。ハイパーエネルギーがセンサーを騙《だま》して、存在しないものを見せているのだ。面倒なことになった」

「パッシヴBだけに集中しろ」ローダンがピココンピュータに指示する。「アトランの付帯脳の疑念は聞いたはず」

「聞きました。指示にしたがいます。ただ、わたしの探知データが正しく、アトランのほうのものはまちがっていると思います。かれの第二意識の推測もまちがいでしょう。その問題は当面、棚あげします。いまは安全に地表に降りるのが先決です」

「同感だ」と、テラナー。「センサーのデータはすべて疑ってかかれ！」

「飛翔データをアトラン側のデータと照合して、グラヴォ・パックを制御します」

ローダンはうなずいて同意をしめした。

一見ゆっくりと動いているヴォンタルドのクレーターだらけの風景から、間接的に軌道と速度を推測する。グラヴォ・パックが惑星の低い重力に対抗し、飛翔速度は着実に落ちていた。飛翔というより落下だが。同時に横方向にも移動して、パッシヴBがあるはずの位置に向かっている。

「下にある雲が見えるか？」アトランがたずねた。

「雲は見えません」と、ローダン。「大気がないんですから、雲もできませんよ」

「そのとおりだが、大きなふたつの黒っぽいクレーターのあいだに、はっきりと雲が見える。どういうことだ？」アトランが腕をのばして前方を指さす。

ローダンはかれに接近し、目を凝《こ》らした。ヴォンタルドはほぼ視野のすべてを占めるくらいになっている。

「冗談でしょう、アトラン。雲なんか見えませんよ。黒っぽい二重クレーターの底のほうに内海があるのはわかります。いままでヴォンタルドはルナに似ていて、水は存在しないと思っていました。カプセルが探知していてもよかったはずですが」

「くそ、ペリー」アトランがうめいた。「シントロニクスに起きたことが、われわれにも起きているようだ。われわれ、たぶんそこには存在しない、まったく異なる風景を見ている。脳内に映像がつくられているんだ。原因はいうまでもなく、ハイパーエネルギー迷走放射だろう」

「実際、この幻影は問題になりそうです」

個体バリアを最大出力にすると、当面、幻影は消え失せた。

「放射が強まっています」と、ローダンのピココンピュータ。「すべてを疑って、双方が、またはセンサーが確認したものだけを信じるようにすべきです」

地表が近づいてきて、かれらは極限まで感覚を研《と》ぎ澄ました。ローダンは何度か眼下を飛びまわる飛翔体を見たと思ったが、アトランにたずねると、森と川しか見えないという。ローダンはそれも幻影だと指摘した。

やがてかれらはしずかに、直径一キロメートルほどのふたつのクレーターのあいだにある丘の上に着地した。重力は〇・一七Gしかなく、かれらは装置の助けを借りてそれを〇・八Gまで引きあげ、ふだんどおり動けるようにした。

あたりを見まわし、やがて一方向に視線を定める。

「百メートルほど先にある角張った岩の上になにか見えますか?」ローダンが友にたずねる。

「とくに異常なものは見当たりません」アトランより先にピココンピュータが答えた。

「岩の上に女がすわっているな」アルコン人がすこしいら立ったようにいう。「胸の前で腕を組んで、こちらを見つめている。幻影だろう。簡素な衣服だけで、防護服を着用していないから」

「その服は明るいグリーンで、黄色いリボンで腰のあたりをとめています」と、ローダン。

「そのとおりだ」アトランは驚いていた。「われわれは同じ姿を見ているが、センサーはなにもないという。どういうことだろう?」

「わかりませんが、あらゆることを考慮しないと。思うに、ここで見えるもののほとんどはアフ=メテムのしわざでしょう。ここまできた以上、最後まで進まなくては。行きますよ!」

*

レジナルド・ブルは暗い顔で《シマロン》司令室の光学スクリーンを見つめていた。

最初は赤かったハイパー嵐が数分前からまた急速に色を変えはじめ、オレンジ色のなかに黄色い斑点が見えるようになっている。

《ツナミ＝コルドバ》によるエネルギー放出は休息に入っていた。その影響は科学者たちが予想した以上にすぐにあらわれた。ほかの手段によるエネルギー放出はごくわずかで、大部分を《ツナミ＝コルドバ》がになっていたのは明らかだ。

炎の侯爵はその名のとおりの力を見せている。

シントロニクス結合体による計算では、ベングエルの旧式宇宙船が限界を迎えるのは四時間から六時間後で、すでに小型船は二ダース以上が放棄されている。燃えあがる宇宙船の映像はあらたなパニックを引き起こした。その数は一時間ごとに増えていく。ギャラクティカーとジュアタフ・ロボットの救助チームが、放棄される船のベングエルを回収していた。救助チームの作業は苛酷をきわめる。最高の防護服を着用していても、宇宙空間で活動できるのはせいぜい二十分なのだ。

ジュアタフ船はあと十時間から十一時間は耐えられそうだった。ロボットは懸命にエネルギーをハイパー次元に放出しようとしているが、うまくいっていない。

銀河系船団の船の限界は十六時間後で、それまでになんらかの変化がないかぎり、炎の地獄のなかにのこっているのは《シマロン》と《カルミナ》とサラアム・シインの《ハーモニー》と、《ツナミ＝コルドバ》だけになるだろう。それらの艦船もまた、その三、四時間後には破滅をまぬがれない。

艦長や船長や科学者たちがいくら議論を重ねても、具体的な結果は得られなかった。あらゆる場所でさまざまな実験がくり返されているが、決定的な突破口は見つかっていない。

ブルの悩みはさらに深かった。この六時間、手をつくしてローダンとアトランにハイパーカムで連絡を試みているが、つながらないのだ。ドリフェル・カプセルからのコンタクトもない。ブルの視点では、ふたりは行方不明だった。もはやむなしい希望をいだきつづけることはできない。

「《ツナミ＝コルドバ》はいつ作業にもどれる？」と、ラトバー・トスタンに質問。

「最短で二時間後です。負荷に耐えきれなかったATG装置を二基、交換しなくちゃならないんで。すみませんが、ブリー、もうすでに大車輪で働いてるんです」

ブルは回復した首席技師のヴェエ・ユィイ・リィと連絡をとろうとした。後部のグラヴィトラフ貯蔵庫の近くにいるはず。だが、応答したのはウッコマ・ヴァルサルだった。

「チーフは出かけてます。イカル＝ドンというジュアタフ・ロボットに呼ばれて、アンブッシュ・サトーといっしょにジュアタフ船に向かいました。なんの用かは知りませんが、ヴェエは急にあわてはじめてました。ロボットがなにか思いついたとしか聞いてません」

待つほどもなく、興奮したヴェエ・ユィイ・リィがテレカムで連絡してきた。奥に見えるのは典型的なロボット船の内部だ。

「アンブッシュ・サトーといっしょにジュアタフの《イカル＝ドン》という船にいます」ブルー族が息せききって報告する「船長も同じ名前です。《イカル＝ドン》ほか百隻ほどのジュアタフ船は武装していて、ロボットはこの武器システムを〝ガシュ＝アログ〟と呼んでいます。アンブッシュとわたしでくわしく調べたところ、ガシュ＝アログとは〝冷凍装置〟のような意味で、対象領域から熱を吸いあげ、長波長の電磁エネルギーとして放出するものと判明しました。《カルミナ》でも実験してみて、アンブッシュによると、この長波長エネルギーは〝炎の嵐〟領域でも妨害を受けないそうです」

「冷却効果があるということか」ブルはすぐに相手の真意を理解した。「なんでもやってみないと。《ツナミ＝コルドバ》はあと二時間ほど作業にかかれない。一分でも時間を稼げれば、それだけ寿命がのびるというもの」

「ためしてみましょう」と、ヴェエ・ユィイ・リィ「次にベングエル船を放棄するのはいつです？」

ブルはシントロニクス結合体に問い合わせた。救助チームの手配はすべてそこでやっているから。

二分後、《イカル＝ドン》は放棄予定のベングエル船《キ＝トゥステル》に接近した。

ブルは最後のひとりが脱出するまで、小型老朽船の明滅する防御シールドを切らないよう厳命した。

そのあとヴェエ・ユィイ・リィとアンブッシュ・サトーの指揮で、ジュアタフがガシュ＝アログ・システムを作動させた。効果は驚くべきものだった。数秒のうちに、過熱していた船の外殻が通常の温度にもどる。弱体化していた防御バリアも自力で回復した。

「〝炎の嵐〟を撃退するパズルの、あらたな一ピースだ」ブルは歓声をあげた。「このガシュ＝アログを積んでいるジュアタフ船すべての船名とポジションをすぐに知りたい。シントロニクスは危機に瀕している船を救助する計画を策定して、ジュアタフの配置を決めるんだ」

あらたな活動がはじまった。シントロニクス結合体は数秒で必要なデータを提供し、〝炎の嵐〟領域の中心部に、ガシュ＝アログを搭載した百隻ほどのジュアタフ船が集結した。

八十一平方キロメートルの範囲に十隻かける十隻の方形陣が形成される。ガシュ＝アログ一台が一平方キロメートルの範囲を担当することになった。

ベングエル船が決められた順序で配置され、十隻をひとまとめにして、同時に〝冷凍攻撃〟を受ける。

シントロニクス結合体が表示するプロジェクションによると、この必死の作業によってのこされた時間のうちに救えるのは、多数のベングエル船の半数程度だと判明した。

二時間後に《ツナミ＝コルドバ》が復帰して〝炎の嵐〟を弱めることができれば、さらに五、六時間をベングエル船の冷却に充てることができる。だが、それ以外は永久に失われるだろう。

「シントロニクスの配置計画ではだめだ」ブルがうめくようにいう。「一度に二隻のベングエル船を冷却するようにしろ。多少効率が落ちるとしても」

ヴェエ・ユィイ・リィとアンブッシュ・サトーもかれに同意し、ほかの担当者もすべてうなずいた。シントロニクス結合体がすぐに配置計画を更新する。

「冷凍キャビネット作戦を開始する」ブルが満足そうに宣言した。

そのとたん、ハイパーカムがごく短時間だけ作動した。

「《レダ》からのバースト通信です」と、シントロニクス。ブルが表示されたメッセージを読む。

〈《ナル》とわたしは恒星ダオ＝バンのコロナに退避。ハウリ艦に追われています。ペリー・ローダンとアトランはふたりだけで惑星ヴォンタルドに降下。どちらとも連絡はとれません。二時間以内に進展がなければ離脱して帰還し、〝炎の嵐〟領域から多少とも生命体を救出します。ハウリ人が優勢なため、ヴォンタルドに進出するのは不可能〉

「ふん！」ブルは鼻を鳴らした。「そんなことだろうと思った。ふたりだけで炎の侯爵の巣穴に飛びこんだだと？」

「蛙が水たまりに飛びこもうと思えば、道は見つかる」ラランド・ミシュコムがいった。

「ひいひいおじいさんから聞いた古いアフリカの格言です」

ブルはなにもいわない。ドリフェル・カプセルの乗員が最大四名だったはずと考える。ほんとうにそうなった場合、《レダ》と《ナル》はだれを救出するつもりだろうか？

7

女が岩から立ちあがり、ペリー・ローダンとアトランは彼女に近づいていった。ふたりを見つめる明るい瞳は謎めいた光を放つかのようだ。細い両腕はいま、小柄なからだのわきに垂れている。明るいグリーンの衣服が春のそよ風を受けたようにたなびいた。大気が存在しないことはわかっている。ローダンのネット・コンビネーションの計器がそのことを証明していた。風にたなびく衣服も幻影ということ。

ピココンピュータは沈黙したままだ。女の姿を感知していないらしい。ネット・コンビネーションのセンサーがその姿をとらえていないのだ。

ローダンは女を上から下まで眺めた。かれよりも頭ひとつ背が低い。明るいブロンドの髪は櫛を通していないようだ。見おぼえがあるような気もするが、はっきりとはわからなかった。

肌はほぼ純白で、頬はこけ、薄い唇は引き結ばれている。それでも彼女は恐ろしく強いオーラを発していた。

「挨拶を」ふたりの頭のなかに、姿に似合わない暗い声が響いた。「話をするときがきたようだ」

「きみはだれだ？」ローダンが問いかけた。声を伝える大気がなくても、相手は自分の言葉を理解するという確信があった。

「ペリー・ローダン、わたしがわからないのか？」女の口の端にかすかな笑みが浮かんだ。

「きみはわたしが感じているとおりの存在ではない」と、ローダン。「きみはスィ・キトゥ、〝無〟の勢力だ。わたしの存在平面に属さない、宇宙の力のようなもの。べつの名前もあって……」

「それを口にするときは気をつけろ！」彼女は脅すような姿勢をとった。細身の姿のせいで、おかしなものに見える。

「きみはコスモクラートとカオタークの中間のどこかに位置する」ローダンは先をつづけた。「まるで実体があるかのような姿をここで見たのは驚きだ。なにか特別な理由があって、アトランとわたしを探したのだろう。話せ！」

「べつの存在に出会った」スィ・キトゥが説明する。「ヒルダルとベネカー・ヴリングという者たちだ。きみたちも知っていて、かれらがなにから派生したかもわかっているはず」

「エスタルトゥと〝それ〟だな」と、アトラン。

スィ・キトゥはそれに対してなにもいわず、先をつづけた。

「そのふたりがわたしに、ペリー・ローダン、とくにきみが、上位の存在平面の者たちの機嫌を損ねていると伝えてきた。そのことがとりわけ高い知性をしめしているというつもりはないし、当然、きみにはきみの理由があるのだろう。もうずいぶん長く、理解できない者たちの事情に巻きこまれてきたのだから」

「そういってもいいかもしれない」と、ローダン。「そんなことをいうためだけにあらわれたのか？」

「もちろんちがう」彼女ははじめて質問に直接答えた。「ヒルダルとベネカー・ヴリングはきみの態度について、きみに思わせている以上によく理解している。かれらも、その本体も、疑心暗鬼におちいっているのだ。かれらはその結果を、それがどんなものであれ、引き受けることになると思う。それはある意味、わたしにも適用される」

「慧眼《けいがん》だな。それが真実ならうれしいが」

「いずれにせよ、きみにとっては真実だ。わたしにはべつの心配がある。一宇宙からべつの宇宙に銀河を転移させるのは、わたしが目的に合わせて設けたものの障害となる。存在の基礎そのものを揺るがす大事だ。いったいどこで終わるのか。わたしにも終わりが見えない」

「それはわたしも同じだ」ローダンがそっけなく答える。話すうちにかれは集中し、真剣になっていった。「終わりが見えないのは〝炎の嵐〟も同じだ。二百八十光年の彼方でアフ＝メテムが点火し、わたしの親友たちをふくむ数百万の生命体を犠牲にしようとしている」

「わたしは〝炎の嵐〟の領域も見ている」と、スィ・キトゥ。「きみはその直径二光週の球形空間で起きていることと、ハンガイ銀河あるいはマグフルウ・マグハアで起きていることを比較してみたか？　してみるべきだ、地球人。そうすれば、なぜわたしがこの出来ごとを心配するのかわかるはず」

「きみは前に《シマロン》でブリーを助けた」と、アトラン。「炎の侯爵がきみの目の上の瘤《こぶ》なら、どうして排除しない？」

「それはきみの友、ペリー・ローダンの見方に近いな、アルコン人。きみたちの存在平面のことに手を出すのは、宇宙的な勢力の仕事ではない。アフ＝メテムは強力だが、それと対立したり、いわんや殺したりするのは、わたしの仕事ではない。かれは基本的に、ほかのどこでもない、きみたちの存在平面にいるのだから」

「わたしにその力があれば、アフ＝メテムを滅ぼしている」ローダンが断固としていった。「ヘクサメロンの誤った教えを排除して……」

「自分の力は自覚しておいたほうがいい」スィ・キトゥがかれの言葉をさえぎった。

「わたしは介入しない。介入することができても、できなくても。だが、警告しておこう。きみがなにを考えていようと、炎の侯爵が行動をためらうことはない」

ローダンとアトランは顔を見合わせた。

「きみたちは兄弟ではないが、ときどき兄弟のように同じことを考えるのだな。次に会うのはずっと先のことだろう。エントロピーの母のこととその言葉を、よく考えてみることだ！」

彼女はそのまま消えてしまい、ふたりはヴォンタルドの砂漠にとりのこされた。

*

「ここに突っ立って、いま聞いたことをあれこれ考えたり、話し合ったりしてみても意味がない」しばらく無言の時間が過ぎたあと、アトランがいった。「時間がないのだ。なにもしなければ、アフ＝メテムの〝炎の嵐〟で数百万という生命体が死ぬことになる」

「たしかに。出発して、パッシヴBステーションに入るシャフトを探しましょう。先にアクティヴAを潰しても目的は達成できません。すぐに予備ステーションに切り替わるだけでしょうから」

ローダンがピコンピュータに道案内が可能かどうかたずねると、相手はすぐにこう答えた。

「可能です。なにごともなければ、十分以内に到着できます」

「では、案内をたのむ！」

ふたりは飛翔して、低空で南に向かった。大小のクレーターがあるだけの単調な光景がつづく。横手に急峻《きゅうしゅん》な山々があらわれた。風化することがないため、いかにも異質に見える。

ローダンはそれらをほとんど一瞥《いちべつ》もしなかった。時間が惜しい。パッシヴBへの入口をしめす人工物はないかと目を凝らしつづけるが、なにも見つからない。

「ハイパーエネルギー迷走放射がすこし弱まりました」ピココンピュータが報告した。

「中心はアクティヴAで、一帯を皿状におおっています」

「パッシヴBはどこだ？」

「この真下です」ピココンピュータが飛翔を中断させた。「いくつかの空洞とシャフトを探知しましたが、すべて封鎖されています」

「封鎖？　くわしく説明しろ！」

「溶接されていて、厚さ数メートルのバリアが張られています。技術装置類は探知できません」

「行こう！　どこからはじめる？」と、アトラン。

ローダンのピココンピュータが直径数メートルのクレーターをしめした。ブラスターが数分で穴を穿《うが》つ。溶けた岩が輝き、底しれない円形のチューブのなかに音もなく落下していった。グラヴォ・パックを使って下降し、投光器のスイッチを入れる。すべてが人工的で、滑らかだ。

「正しい道を進んでいるようだ」アトランがいった。「警報装置がないことを願おう。アフ＝メテムはなんらかのかたちで施設を防御しているはず。用心はおこたれない」

「まったくなにも探知できません」両方のピココンピュータが同時にいった。「防御機構は存在しないか、はるか下方にあるかです」

ふたりは下降速度をあげ、垂直に惑星内部へと下っていった。障害はなにもない。深度四百キロメートルに達すると、ローダンは速度を落とした。

「もう充分です。アトラン、魔法の箱を開けてください。急がないと、まだアクティヴAもありますから」

「わかった、兄弟！」アルコン人は側面の壁にちいさな窪みをつくり、四つあるマイクロ・アルコン爆弾のひとつを設置した。遅延信管を三時間後にセットする。時間前でもハイパー・インパルスで起爆することが可能だ。そのあとエネルギー・ビームを扇状にひろげて、慎重に窪みの開口部を閉じた。

さらにもうひとつ、べつの爆弾にも同じように遅延信管をセットし、シャフト内を落下させた。

「もどろう」と、声をかける。

グラヴォ・パックで加速し、ふたたび地表をめざす。恒星ダオ＝バンの光の下に出ると、制御をネット・コンビネーションにまかせて飛びつづけた。高速で北に向かううちに夜になり、荒涼とした風景がどす赤い帳《とばり》につつまれた。

「ハイパーエネルギーによる障害が強まっています」ローダンのピココンピュータが報告した。「外部からの影響とセンサーの報告はすべて無視して、情報はアトランのネット・コンビネーションにたよっています。かわりにわたしは既知の情報をベースにした飛翔データを提供しています」

防御システムは最大価で作動しているが、アトランのセンサーは狂ったような情報ばかり送ってくる。ピココンピュータが一貫して情報を共有しているので、まだなんとかなっているだけだ。

やがて不気味な影響は人間の脳にもおよびはじめた。行く手に炎の壁が生じ、ローダンがそこに向かって突っこんでいく。アトランは声をあげたが、その瞬間、かれはアルコンのロボット脳の上に着地していた。幻影なのはわかっているが、それでもいら立たしい。

目を閉じたローダンは、まるで異世界に飛ばされたように感じた。色彩豊かな自然の風景のなか、倒木の上でオラーナ・セストレの隣りにすわっている。近くの草地をケロスカーの子供たちが駆けまわり、不恰好なおもちゃを投げ合っている。

「《レダ》のいうとおりだったでしょう」オラーナが憤然としていう。「生命体はハイパーエネルギーの影響に対抗できない。あなたの計画は最初から失敗を運命づけられていたのよ」

ローダンは意識を集中したが幻影は消えず、かれを異なる〝現実〟のなかに引きずりこもうとした。

「ペリー！」だれかの叫び声がした。アトランだ。だが、それは現実なのか？

目を開けると、一瞬、眼下に惑星ヴォンタルドの暗い砂漠が見えた。アトランがすぐ横に浮遊している。

「アトランの言葉を聞いてください！」ピココンピュータがいった。「かれとわたしで解決策を発見しました。幻影の影響を受けない付帯脳が制御しています。アトランは即効性の麻酔薬を自分に注射しました。同じようにしてください。アトランの付帯脳とわたしの基本データで、センサーがなくてもだいじょうぶです」

ローダン自身は理解できなかったが、ネット・コンビネーションが独自に行動し、かれはおだやかな闇にのみこまれた。当然、すぐに細胞活性装置が、からだに悪い麻酔の効果を打ち消す。テラナーは数分間、半覚醒状態になった。幻影は消えたが、独自の行動はできない。

ピココンピュータとアトランの付帯脳に全面的にたよるしかなかった。

まるで悪夢だが、これが現実だ。肩幅が一キロメートルもある人影が地表に出現。隣りにいるアトランは目を閉じて、深く眠りこんでいる。

投光器が近づいてくる金属壁を照らし出した。知らないシンボルがちらりと見えたが、ローダンの鈍った感覚ではとらえきれなかった。

突然、衝撃があった。一瞬で感覚がもどってくる。

「どうした、なにがあった？」アトランの声が聞こえた。

「放射がとりわけ強い領域を通過しました」ローダンのピココンピュータが説明する。

「アトランの付帯脳の指示にしたがい、神経系を部分的に麻痺させる薬剤を投与しました。さもなければ発狂していたでしょう」

「発狂だと！」アルコン人がうめく。

「飛翔はつづけていました」と、ローダンのピココンピュータ。「現在、アクティヴAステーションに通じるシャフトを二百八十キロメートル下ったところです。地下四百五十キロメートルにもうひとつ、放射の強い領域があります」

ふたりはあたりを見まわした。シャフトは断面が正方形で、上に行くほどひろくなっており、下降するかれらがいまいるあたりの一辺は五十メートルくらいだった。

「なにが起きるでしょう？」ピココンピュータがたずねる。

「いま見ているものは現実なのか？」と、ローダン。「引き返したほうがいいのでは？」

「これは現実だ」アトランがいった。「付帯脳はリスクを冒す価値があるといっている。引き返しても得るものはない。ドリフェル・カプセルとコンタクトできないから、ヴォンタルドを出ることもできない」

「たしかに」ローダンはまだすこし朦朧《もうろう》としていた。「おりつづけるなら、次の幻影ゾーンにそなえなくては」

「そのとおりです」と、ピココンピュータ。「注射の準備はできています。今回はちがう効果が予想されます」

「前よりも強いのか、弱いのか？」

「わかりません。地下四百八十キロメートルはシャフトの終点で、金属の壁があります。そのすぐ上では放射が弱まっています。そこまでいっきに飛翔することを提案します」

ふたりが同意すると速度があがり、やがてローダンのピココンピュータが注射を打つと知らせてきた。

テラナーはなにも感じず、環境にも変化はなかった。一方、アトランは深い昏睡状態におちいり、付帯脳さえ反応しなくなった。

実際、前回とは効果がまるでちがっていた。ローダンは軽《かろ》やかな気分になった。歌をうたおうとしたが、口から出るのはしわがれ声だけだ。四本脚の男がさし出した熟したリンゴに手をのばし、口元に持っていこうとした瞬間、リンゴは手のなかで爆発した。黄色い果肉が床に散乱し、それがマット・ウィリーになって回転をはじめ、閉じていたドアに穴を開けた。

穴が充分大きくなると、かれは這ってそこを通り抜けた。大きな塔が見えた。頂上にはサラダボウルがのっている。

隣りに四本脚の男がまたあらわれた。力強い手でかれをつかみ、立ちあがらせる。ローダンは記憶を探ったが、男の顔に見おぼえはなかった。

「おい！　よくやったな。またきてやったぞ！」と、男が叫ぶ。

四本の脚が融合して二本になり、顔が変形して、目の前にアトランが立っていた。

ローダンはかぶりを振った。感覚が多少おちつくまですこし待つ。わけのわからない夢が霧のように、まだ意識の上にたゆたっていた。ハイパーエネルギー迷走放射の影響だということはわかる。アクティヴAの悪魔的な防御手段でもあるのだろう。

かれはアトランとふたりでひろいホールに立っていた。先にパラボラ鏡がついた細い尖塔がならんでいる。たったいま夢で見た光景を思い出させるが、夢の記憶は急速に消え去っていた。

わきに目をやると、壁に穴が見えた。まだ縁が熱で輝いている。マット・ウィリーが開けた穴……

ちがう！　アトランが手にしたブラスターを見て、奇妙な幻影の最後のひとかけらを頭から追いはらう。

「もどってきたか？」アルコン人がたずねた。

「ほぼ完全に」ローダンが弱々しく答える。「ここはどこです？」

「アクティヴAの周縁ゾーンだ。さ、先を急ごう」

「最後の攻撃をわたしよりうまくしのいだようですね。わたしひとりだったら、切り抜けられなかったでしょう」

「そうだな」と、アトラン。「だが、ひとりではなかった。ピコンピュータがなかったら、やはりここまでこられなかったろう。仲間がいるから強いのだ」

「強い？」ローダンはうめいた。「わたしはくたくたです。なにを……」

「近接探知機がひろいホールをしめしている」アトランがかれの言葉をさえぎっていった。「アクティヴAの中心までひろがっていて、そこから出ている信号から考えると、司令部のようなものらしい」

「そこが次の目的地ですね」ローダンは力がもどってくるのを感じた。「どんな防御が考えられます？」

「わからない。アフ＝メテムはいささか軽率に行動している印象がある。狂気ゾーンを通過できる者などいないと信じているんだろう」

「監視艦隊もいるわけですし」

「それだけではありません」と、ピココンピュータ。「ここ、アクティヴAの内部で、センサーがふたたび完全作動しはじめています。外からの信号も感知しました。ここと地表のあいだにも、われわれが引っかからなかった、巧妙に隠蔽《いんぺい》された防衛拠点がいくつかあります。ヴォンタルドは充分に自衛できるようです」

「ま、そうだろうな」ローダンはアトランのあとをついていった。一歩ごとに足どりがたしかなものになっていく。

ふたりはピココンピュータの案内で隣接するホールに入った。数キロメートルはありそうなエネルギー導管が鈍く輝いている。途中にはむき出しの床が見えるが、生命体もロボットも見当たらなかった。

「あと一、二階層下におりる必要があります」ピココンピュータがいった。「そこからアクティヴAの司令室に行けますが、ただ、そこにおりる道が見つかりません」

かれらはグラヴォ・パックで加速して、やがてアトランが下に向かう側道を見つけた。それを進むと、奇妙な装置がずらりとならんだべつのホールに出る。ハウリ人の技術に密接に関係したものなのはまちがいないだろう。高度なハイパー技術装置と思えるものもあるが、用途がまったくわからないものもあった。

　ピコンピュータはかれらが早く司令室に到達できるよう、次々と情報を提供した。技術装置の詰まったホールをさらにふたつ通り抜け、司令室はほんの二、三百メートル先にあると報告。暗い通廊がふたりを迎え入れ、かれらはふたたび投光器を点灯した。

　突然、まばゆい光のなかに出る。前もうしろも、エネルギーがぱちぱちと放電する壁だ。

　かれらはその場から動けなくなった。

「このバリアをどこから制御しているか、わかるか？」ローダンがピコンピュータにたずねる。

「いいえ。ただ、前方から接近してくるものがあります。車輛のようです」

　ローダンとアトランが視線を交わす。目的地は間近だ。リスクは承知している。言葉は必要なかった。アクティヴAはかれらの予想とちがっていたが、アフ＝メテムも完璧ではなかった。

　すぐに一グライダーが内側のバリアの向こうにあらわれた。バリアに構造亀裂が生じ、グライダーがそこを通過する。ローダンとアトランが反応する間もなく、亀裂はすぐに閉じてしまった。グライダーが金属の床に着地。

　ふたりはまたしても視線を交わした。ようやくアクティヴAが反応したのは明らかだ。

口に出さなくても、とりあえずいきなり力をしめす行動はしないことを確認し合う。

ふたり対〝炎の嵐〟のステーション……勇気や知恵や力以上のものが必要だ。

グライダーの側面ハッチが開き、甲冑《かっちゅう》姿の老ハウリ人が降りてきた。武器は持っていないが、グライダーの屋根から銃口が突き出し、ふたりに狙いを定めた。

「なにが望みだ？」ローダンがハウリ人に向かって問いかけた。

8

「どうやってここまできた？」甲冑の男がたずねた。

「炎の侯爵の指示だ」ペリー・ローダンが急いで答える。「かれは別件で忙しいので、われわれがここで調整の任に当たるよう命じられた。きみはステーションの責任者だな」

「監督のヨナスト・ケールだ。そういうことなら、わたしが知らないはずがない。事情がはっきりするまで、きみたちは捕虜だ」

「ヘクサメロンの永遠の信仰において上位の相手を捕虜になどできない」アトランがいった。「〝最後の六日間〟の救済のため、炎の侯爵が送り出した使者とその戦士という、はるかに上の位階の者となればなおさらだ」

　ヨナスト・ケールは動揺を見せた。アルコン人の言葉で不安になったのだろう。

「司令室に案内しろ！」ローダンが強い口調で命じる。「炎の侯爵が正式な使者を送り出したかどうか、そこでたずねればいい。そのために罰を受けることになるだろうが」

「洞察力を発揮してはどうだ」と、アトラン。「アフ＝メテムが認めた者でないかぎり、活動的なエネルギーのなかを、ここまでくることなどできない」

ハウリ人は籠手をはめた手を不機嫌そうに動かした。

「最後の日は間近だ」ローダンが割って入る。「聖なる至福の事態は動きだしている。炎の侯爵はきみならこの関係性が理解できるといっていた。だが、どうやらきみは指示に逆らうつもりのようだ」

「嘘つきめ！」と、ヨナスト・ケール。

「きみがそういう考えなら、冒瀆者よ、話はこれまでだ。われわれ、きみにたよらずに行動する」アトランはわざとらしく横を向き、老ハウリ人がまっすぐ目を見られないようにした。

「ヨナスト・ケールとは〝真実の支配者〟という意味です」ピココンピュータがささやいた。「自称でしょう。アトランの付帯脳も同じ意見です」

「ひとつわかったことがある」ローダンが声をあげた。「きみはもう存在しない。〝最後の六日間〟の救済を経験できる者は一名減った。ヨナスト・ケールと自称する嘘つきだ」

ブラッフだったが、ハウリ人の反応は驚くべきものだった。憤然と足を踏み鳴らしたのだ。

「だれが嘘つきだと？　わたしがヨナスト・ケールではないと、だれがいっている？」

「ロボット・グライダーには知性があり、かれのことを〝ヨナスト・ヨク〟と呼んでいます」と、ピココンピュータ。

「きみはそう名乗ったな、監督」ハウリ人の弱点をつかんで、ローダンはブラッフをつづけた。「きみは自分がヨナスト・ケールだといったが、それはきみの本名ではない」

「いいだろう」老ハウリ人は譲歩した。「わたしの本名はヨナスト・ドゥルク、信仰の支配者だ」

「きみはヨナスト・ヨク、欺瞞《ぎまん》の支配者だ」

「きみたちはたしかに強大だ」ハウリ人は縮こまった。「だが、まず、敵ではないことをはっきりさせる必要がある。わたしの名前はヨナスト・ヨクではあるが、けっして嘘つきではない。ヘクサメロンの忠実な信徒だ」

「あまり時間がない」アトランの言葉は残酷な真実だった。「ステーションの司令室に案内しろ！」

「わかった」と、ハウリ人。「だが、その前に炎の侯爵にきみたちのことを確認する」

　グライダーの武器が引っこみ、バリアが解除された。ヨナスト・ヨクが機内に入り、ふたりに合図する。

　グライダーがスタートし、ローダンとアトランはふたたび視線を交わした。言葉はたいして必要ない。ネット・コンビネーションのシステムが面倒を見てくれるから。かれらはヨナスト・ヨクを追いかけ、すぐに追いついた。

通廊はすぐに終わり、大きなホールに出た。かたちはステーション全体と同じソラマメ型だ。ローダンは最長径を八十メートルと見積もった。

空気中にはぶんぶん、ぱちぱちいう音が重々しく響いている。

ホールの凹面部分には巨大な制御パネルがあり、大型スクリーンとプロジェクターをはじめ、さまざまな装置がならんでいた。長径に沿ってグリーンのエネルギー・バリアが展開し、ホールを二分している。凹面部分の反対側にはいっさいなにもなく、老ハウリ人のグライダーはそこに着地した。

アクティヴAの司令室の偉容に見とれていたふたりに、ヨナスト・ヨクが近づいてきた。もう疑いようはない。ここが〝炎の嵐〟の制御センターだ。

「アフ＝メテムとコンタクトする。ここで待て！」

老ハウリ人はエネルギー・バリアに向かって歩きだした。ローダンとアトランはまた視線を交わした。炎の侯爵がどこにいるにせよ、この情報が伝わることだけは、なんとしても阻止しなくてはならない。

ローダンはヨナスト・ヨクがロボット・グライダーにひそかに合図したのを見逃さなかった。老ハウリ人の目の前のバリアに構造亀裂が生じる。

ローダンはグラヴォ・パックの助けを借りて急加速し、両足でヨナスト・ヨクの背中にぶつかった。老ハウリ人が前方によろめく。相手が予期しない攻撃に反応する前に、ローダンは麻痺ビームを浴びせた。

個体バリアが赤く輝く。ハウリ人は振り返り、重火器をかまえた。ローダンは撃ちつづけるが、はっきりした効果はあらわれない。背後ではホールを二分するバリアが閉じはじめていた。かれは上昇し、バリアの反対側にいる友に目を向けた。

アトランは武器をかれに向けようとするロボット・グライダーに躊躇《ちゅうちょ》なく攻撃をくわえた。ホールのなにもないほうの半分が、たちまち灼熱の地獄に変じた。

ローダンは分子破壊銃に切り替えた。最初の一撃でハウリ人の個体バリアは崩壊し、麻痺ビームが効果を発揮する。ヨナスト・ヨクは床にくずおれた。

同時に爆発音が響く。ロボット・グライダーが粉々になり、エネルギー・バリアが消失した。

アトランが老ハウリ人に突進し、甲冑をはずした。

「生きているぞ」

「もちろんです。麻痺させただけですから」と、ローダン。

ハウリ人の武器と背中のエネルギー・パックをとりあげ、すべて破壊する。

「この施設をどうにかしないと」ローダンは巨大な制御パネルとさまざまな装置を指さ

した。

技術的には異質だが、ふたりの訓練された目は制御システムの構成を見抜いた。小型シントロニクスの支援もある。

「電磁的な呼びかけを受けています」ローダンのピココンピュータが報告した。「コード信号による身元確認を要請していて、ハイパー通信による暗号化メッセージも送信しています。この信号がハイパーエネルギー迷走放射を突破できるかどうかは不明ですが、アフ＝メテムに報告が送られた可能性があります。必要なコードの手がかりを探しています」

ちいさなスクリーンのひとつが明るくなり、線が複雑に絡み合った未知のシンボルが表示された。合成音声が響く。

「ただちに身元を証明せよ。正しい証明がなされない場合、きみたちを消滅させる」

「受信装置を発見しました。記憶バンクがいくつかあり、電磁信号と音声信号を入力するようになっています。現在、反響を利用して記憶バンクの構造を調べ、正しいコードを探っています」

ローダンは重大局面にさしかかったと感じた。突然、スクリーン上のシンボルが消え、かわって六角形が表示された。

「身元証明完了。〝炎の嵐〟ステーションにようこそ」

ふたりは安堵の息をついた。ピココンピュータによる解析と送信が間に合ったようだ。

「われわれ、炎の侯爵にいわれてきた」ローダンの声はまだすこし震えていた。「〝炎の嵐〟はただちに停止する」

「制御パネルが目の前にあります。自分で操作するか、ステーション監督にやらせてください。わたしは操作できませんから」

ステーションは監督が床の上に転がって動かないことに気づいていないらしい。

いくつかのボタンのランプが点灯し、同時にふたりの頭上の大型スクリーンが明るくなる。色とりどりの巨大なグラフィックが表示された。上方の大きな部分は線や記号で占められ、下のちいさな部分には制御パネルの盤面が表示されている。

「どうやら支援は受けられるようだ」と、アトラン。

「グラフィックは〝炎の嵐〟の全般的な機能の表示でしょう」ローダンが手をのばして画面上方を指さす。「これ全体が熱転換器、あるいはヒートポンプだといっていい。直径三百光年にもおよぶ領域をしめしているようです」

アルコン人はうなずき、その映像を写真的記憶におさめた。

「見てください、アトラン。右のほうにエネルギーを吸いとっている領域があります。一時的に上位連続体に吸収されています。いうまでもなく、ハイパー空間でしょう。エネルギーの一部はグリーンの点に送られていて、これは惑星ヴォンタルドにほかなりません」

「ヴォンタルドの制御ステーションだな」アトランが付言する。

「そのとおりです。そこでエネルギーを変換し、送り返しています。集めたエネルギーは一種のチューブで左側の、ハイパー空間の別領域に送っています。ブルーでしめされた、エネルギーがふたたび通常空間に出ている部分が、実際の〝炎の嵐〟領域なんでしょう」

「そうだな」アトランも同意した。「距離を見てもまちがいないだろう。グラフィックの各部分に制御パネルの操作が割り当てられている。待て！」

アトランはエネルギーの補給源に当たる部分のスイッチを操作した。変化はすぐにグラフィックに反映される。吸収するエネルギーの増減を確認したあと、かれは三つの装置を操作して、すべてゼロの位置に合わせた。

エネルギー源がたちまち消え去る。同時にステーション内のぱちぱちいう音も聞こえなくなった。スクリーン上ではすでに貯蔵されていたエネルギーがさらに数秒、〝炎の嵐〟領域に流れつづけたが、やがてその線も消えてしまう。

「やりました！」ローダンは安堵のため息をついた。

映像が自動的に拡大した。うつっているのはダオ＝バン星系だけだ。ハウリ人の監視艦隊が表示され、ヴォンタルドの地表にいる監視部隊の位置もしめされた。

さらに記号と回路の関係を調べていたふたりは、背後の物音に振り返った。ヨナスト・ヨクが立ちあがっている。だが、明るい歌声はかれが発したものではなかった。

ホールのからっぽの側に、どこからともなく巨大な姿があらわれた。影のような無毛の頭部に、深く窪んだ暗い目が見える。

「たんなるプロジェクションです」ピココンピュータが指摘した。

「そうはいっても、アフ＝メテムのプロジェクションだ」と、ローダン。

「無礼な侵入者ども！」くぐもった声がした。「おまえたちのしたことは、ベングエルとジュアタフをほんのすこし延命させたにすぎない。おまえたちは袋のネズミだ。ヴォンタルドから出ていくことはできない。やっと捕まえた。すぐにそこに行き、滅ぼしてやろう。そのあと〝炎の嵐〟がヘクサメロンの敵を宇宙の舞台から一掃するのだ」

＊

「わたしはしくじった！」炎の侯爵のプロジェクションが消えると、老ハウリ人が叫んだ。「死ぬしかない」

「われわれといっしょにこい」と、ローダン。「そうすれば、死ぬ必要はない」

だが、老ハウリ人はかれらが見落としていたちいさな武器をとり出し、とめる間もなくみずからを撃った。

「死の舞踏ははじまったばかりだ」アトランはあらためて制御パネルに向きなおった。

「アフ＝メテムがいつここにあらわれるかはわからないが、そう先のことではないはず。アルコン爆弾ののこりふたつはここにしかけ、最短ルートで撤退しよう」

アトランが爆弾を設置しているとき、ローダンは大型グラフィックに変化が生じていることに気づいた。ヴォンタルドが巨大なエネルギーの傘におおわれている。ハウリ艦隊にも動きが見られた。

ひろく道が開けている。炎の侯爵がそこを通って惑星に接近するのだろう。

ローダンは友の注意を引いた。

「アフ＝メテムが反応して、われわれを閉じこめ、自身もここに向かっています。《レダ》に呼びかけてみましたが、応答がありません。われわれ、ここから動けません」

「監視基地をここから操作できる」アトランがいった。「システムを把握した。ハウリ人を焚《た》きつけて、《レダ》と《ナル》が動けるよう、隙をつくる必要がある」

アトランは回路の設定とプログラミングを開始した。二分後、最初のエネルギー・ビームが宇宙に向かって発射される。

ハウリ人があわてているのがすぐにわかった。ビームをよけようと右往左往して、反撃してこない。

巨大なグラフィックにあらたなシンボルがひとつあらわれた。輝く玉が急接近してくる。それはハウリ人が道を開けてつくった通路をそのまま突き進んでいた。

「アフ＝メテム！」ローダンが叫んだ。「かれがきます。〝炎の嵐〟で挨拶してやりましょう、アトラン！」

それでアルコン人にも話が伝わる。

ふたりは協力して熱転換器の領域を再作動させた。同時にエネルギーの出口のポジションを変更する。直径わずか七光秒のちいさな空間で、ヴォンタルド上空二光秒のところからはじまり、アフ＝メテムの炎のシンボルがやってくる方角に向かってひろがっている。ハイパー空間の貯蔵庫は、炎の侯爵があらたに設定された〝炎の嵐〟領域に到達するまでに、すでにいっぱいになっていた。

「いまだ！」ローダンが〝炎の嵐〟を作動させる。

ホール内にぶんぶん、ぱちぱちという音が響き、熱転換器が再作動したのがわかった。

＊

比較的ちいさな新しい〝炎の嵐〟領域は数秒で高熱に達した。色が赤からオレンジ色に、黄色に、さらに白へとみるみる変化する。ついにその領域はブルーがかった白に輝きだした。

その輝きのなかに巨大な姿が捕らえられている。それは力強い四肢を振りまわし、エネルギーを貪《むさぼ》りつくそうとしているようだ。アフ＝メテムは球形領域の突破不能な境界に衝突し、内部に弾《はじ》き返された。

ローダンがエネルギーの入力を最大に引きあげる。〝炎の嵐〟領域は暗いブルーに変化した。

精神的な悲鳴が響いた。言葉は理解できないが、血も凍るような咆哮《ほうこう》は、強大な存在が死のまぎわにあることを感じさせた。

アトランはまだ回路を操作しつづけている。

かれはあらたなエネルギー補給源をつくり出した。そのちいさな球形領域には惑星ヴォンタルドと、アフ＝メテムがその周囲につくりだしたエネルギー・バリアが包含されている。炎の侯爵と〝炎の嵐〟の戦いが終わりに向かうにつれ、エネルギー・バリアも崩壊していった。

ピココンピュータが周囲の温度の低下を報告。

制御ステーションの司令室で警報が鳴りだす。スクリーンを見ると、ステーションのエネルギーがあらたな補給源フィールドに吸いとられているのがわかった。

「猫が自分の尾に噛みついている！」アトランが皮肉っぽく笑った。

「炎の侯爵が〝炎の嵐〟で息を詰まらせています」と、ローダン。

ヘクサメロンの強大な侯爵の、精神的な断末魔の叫びが響いた。〃炎の嵐〃領域によくわからない姿がもう一度あらわれたあと、濃いブルーの輝きがおちつきをとりもどす。アフ＝メテムは死んだ。ダオ＝バン星系周辺のすべての世界がその断末魔の叫びを聞いたはず。

この場のすべてが崩壊するのも時間の問題だろう。

「パッシヴBに設置した爆弾を起爆する」アルコン人が友に向かって叫ぶ。「そのあとすぐにここから脱出するぞ！」

ローダンはすでに出口に向かっていた。アトランもそのあとを追う。ふたりのネット・コンビネーションのシントロニクスが最大速度でかれらを飛翔させた。経路はすでにわかっている。

地表まで半分ほどのところまできたとき、両ドリフェル・カプセルとコンタクトできた。ハウリ艦隊がいなくなったので、恒星のコロナから出てきたのだ。ローダンはすぐにヴォンタルドに向かうよう指示した。

「アフ＝メテムの最期を観察していました」《レダ》が報告する。「レジナルド・ブルからも朗報がとどいています。〃炎の嵐〃は消滅しました。ハウリ人はパニックにおちいって撤退し、炎の侯爵の死をひろめています」

テラナーとアルコン人は無言のまま、シャフト内を上昇していった。勝利はしたものの、浮かれるほどではない。いまもまだ苦い後味がのこっていた。

「のこりのアルコン爆弾も起爆してください！」ローダンが友にいった。「アフ＝メテムの制御センターは完全に破壊する必要があります」

「もうやった」

頭上に恒星ダオ＝バンの光が見えてきた。待つほどもなくドリフェル・カプセルがあらわれ、かれらを収容する。《レダ》の探知データから、〝炎の嵐〟ステーションのエネルギー反応が完全になくなったことがわかった。アトランの回路操作でシステムは破壊され、アルコン爆弾がのこりをすべてかたづけていた。

ヘクサメロンの基地は消滅し、ばかげた教義の強大な闘士ももういない。

「銀河系船団とベングエル・ジュアタフ合同船団のもとにもどる」ローダンがいった。

「ブリーとも話がしたい」

ハイパーカム通信はすぐにつながった。

「ぎりぎりでした」と、赤毛の男。「言葉もありません」

「その話はあとでしょう」と、ローダン。「クロノメーターを見たか？」

「ここ数日、そんな余裕はありませんでした」ブルはわけがわからないというように首を左右に振った。

「われわれの暦で、まもなく四四八年二月二十八日になる。ハンガイ銀河の最後のクオーターが転移する日だ。時刻までは知らないが、もうすぐだろう」

ギャラクティカーとベングエル・ジュアタフ合同船団は〝炎の嵐〟を切り抜けた。アフ＝メテムの死という重い出来ごともあった。

ハンガイ銀河の最終的な転移という重大事も迫っている。その結果がどうなるかは、まだだれにもわからない。

あとがきにかえて

嶋田洋一

転居することにした。

今住んでいるのは父が建てた家で、家族四人が暮らして正月には親戚が二十人くらい遊びに来て宴会になり、場合によっては両親含めて八人くらい泊まれるという、かなりゆったりした造りになっている。

それが今や両親は亡くなり、弟夫婦は別に居を構え、弟の子供たちも独立して、住んでいるのはわたしと猫一匹という状況だ。

広すぎて管理が行き届かないし、収納庫の奥には「三十年間一度も開けていない」ような荷物が詰まっている。整理しようにも膨大すぎて、とても一人では手が回らない。

わたしもいずれ独居生活が困難になるだろうし、そうなったら老人ホームにでも入居することになる。大量の荷物を持ち込めるわけもなく、それまでには家財を処分しておく必要がありそうだ。

そんなこんなを考えた挙げ句、とりあえず必要最低限の荷物だけ持ってマンションに移り、それ以外の家財はすべて処分してしまおうと決断するに至った。そうしておけば、最終的に老人ホームに移ることになっても身軽に移動できる。

というわけで引っ越し先のマンションに持っていくものを選別しているのだが、これが思った以上に大変なのである。

とりあえず日常的に使うものだけ持っていけばいいだろうと気軽に考えていたが、いざとなると「あれも要る。これも必要」となって、まるで作業がはかどらない。古い写真を眺めたり、昔夢中になって読んだ本をつい読みはじめてしまったりと、妨害要素には事欠かないというのも大きい。

自分が訳した本はせめて一冊ずつでも持っていきたいが、底本にした原書はどうしよう？　両親の結婚前のアルバムは？　などなど、悩みは尽きない。

業者に頼んだ引越の日は来週に迫っている。こうなったらもう家電だけ運んでもらって、生活用品は全部買い替えるか、とやけくそみたいなことまで考えはじめる始末。

本書が刊行されるころには、新居で落ち着いた生活ができているだろうか……？

訳者略歴　1956年生，1979年静岡大学人文学部卒，英米文学翻訳家　訳書『スカラベの道』フランシス＆フェルトホフ，『支配者ヘプタメルへの讃歌』シドウ＆シェール（以上早川書房刊），『巨星』ワッツ他多数

HM=Hayakawa Mystery
SF=Science Fiction
JA=Japanese Author
NV=Novel
NF=Nonfiction
FT=Fantasy

宇宙英雄ローダン・シリーズ〈699〉

炎《ほのお》の嵐《あらし》

〈SF2422〉

二〇二三年十月二十日　印刷
二〇二三年十月二十五日　発行

（定価はカバーに表示してあります）

著者　ロベルト・フェルトホフ　ペーター・グリーゼ
訳者　嶋《しま》田《だ》洋《よう》一《いち》
発行者　早川浩
発行所　株式会社　早川書房
郵便番号　一〇一 - 〇〇四六
東京都千代田区神田多町二ノ二
電話　〇三 - 三二五二 - 三一一一
振替　〇〇一六〇 - 三 - 四七七九九
https://www.hayakawa-online.co.jp

乱丁・落丁本は小社制作部宛お送り下さい。
送料小社負担にてお取りかえいたします。

印刷・信毎書籍印刷株式会社　製本・株式会社明光社
Printed and bound in Japan
ISBN978-4-15-012422-9 C0197